講談社文庫

Cocoon

京都・不死篇—蠶—

夏原エヰジ

講談社

〈瑠璃〉
本シリーズの主人公。鬼斬りの能力を持つ。
元・吉原の花魁。片腕と引き換えに
最強の鬼・平将門を倒したが、生き鬼を救う
術を探ろうと、京都に旅に出た。

〈文野閑馬〉
京都生まれ、京都育ちの人形師。
行き倒れの瑠璃を助け、
居候をさせている。

瑠璃が京都で出会う女の子。
何やら秘密がありそうだが……。
〈麗〉

島原の太夫。
美人だが性格は悪い。
瑠璃を敵視している。
〈蓮音〉

夢幻衆

妖たち

〈宗旦〉
左の前足を失った妖狐。
人間に変化できる。

〈お恋〉
狸の姿をした、信楽焼の付喪神。
瑠璃を慕って京都までついてきた。

キャラクターイラスト　長乃

夏原エヰジ
Eiji Natsuhara

コクーン
COCOON

京都・不死篇
蠢〈しゅん〉

序

鬼女《きじょ》は笑っていた。

雪深い山の中腹で、なぜ自分がここにいるのか、なぜ自分が笑っているのかもわからずに。

「そんな、ありえへん……比叡山《ひえいざん》の結界が、破られるなんて……」

蚊の鳴くような、何とも頼りなげな声を耳にして、鬼女は首を巡らした。

降り積もった雪に尻餅《しりもち》をつく格好《かっこう》で、年若い僧侶《そうりょ》がひとり腰を抜かしている。彼の両目は恐怖に揺れて、鬼女の顔と足元とを、代わる代わる見ていた。

「師匠……兄者……ああ、何で、何でこないなことに……」

鬼女も己の足元へ視線を移す。

雪が、夜闇にもわかるほど真っ赤な色に染まっていた。

目を見開いて事切れているのはいずれも僧侶だ。数珠を首や腕に何重にも巻いた僧侶、錫杖《しやくじよう》や大型の独鈷杵《どっこしょ》を手にした僧侶——ある者は首を、ある者は腹を裂かれている。散らばった臓物が誰のものなのか、判別することはもはやできまい。傷口から流れ出る鮮やかな血がじわり、じわりと雪に染みこんでいくのが見てとれた。

次いで鬼女は己の手へと視線を転じる。

白い雪とは対照的な黒い肌。鋭く伸びてひび割れた、見るに恐ろしげな爪。鬼女の腕は生温かな血にまみれていた。

——ああそうだ。

鬼女は思い出した。

——私が、殺したんだわ。ここに倒れているお坊さまたち、皆、皆、私が。

心にふっ、と黒ずんだ影が差した。なぜ殺してしまったのだろう。

束の間、鬼女は夜空を仰いだ。白く吐き出した呼気は荒々しく、まるで獲物を食らえど興奮冷めやらぬ獣のようだ。と、そこまで考えて鬼女は自嘲した。

ようだ、ではない。自分はまさしく獣そのものになってしまったのだ。

あの僧侶たちは自分を見るなり一斉に襲いかかってきた。だから殺した。されど鬼女は理解していた。彼らが自分をひどく恐れ、かつ「調伏《ちょうぶく》」しようとしていたのだと。世に害悪をもたらさぬように。

――私が、この世にいてはいけない鬼だから。

「モ……ト」

それにしても妙だ。今までは人を殺している最中に意識が飛ぶことなど一度たりとてなかった。何者かに思念を乗っ取られていたかのごとく、鬼女の意識には黒い靄《もや》のようなものがかかっていた。

「モ、ト……モット……」

ざく、と雪を踏みしめる。

「ひっ」

鬼女は若僧に目を据えている。ただひとり生き残っていた若僧は死の匂いを感じ取ってか身を硬くした。

「お、お願いです、どうか、殺さないで」

ざく。ざく。命乞いをする若僧に向かって鬼女は一歩、また一歩と雪を踏む。

自分が鬼になってしまった理由は、もう覚えていない。鬼になってどれくらい経ったのか、これまで何人を殺《あや》めてきたかも定かではない。

ただ一つ、明確にわかっているのは、

――嫌。これ以上は殺したくない。誰か、私を止めて。私を解放して。お願いだから楽に、させて……。

救いを求めるように、鬼女は若僧へと手を伸ばした。

しかし。

「よ……寄るな化け物がっ」

引きつった声が山中にこだまする。鬼女の手は、若僧の手によって勢いよく撥《は》ねのけられた。

覚束《おぼつか》ない足腰でようよう立ち上がるや、若僧は手に巻いてあった数珠を鬼女に向かって思いきり投げつけた。ちぎれた数珠が鬼女の顔を寒々しく打つ。

「大日如来《だいにちにょらい》、不動明王《ふどうみょうおう》、孔雀明王《くじゃくみょうおう》、どなたでもいいっ。こ、この異形《いぎょう》を、しし退《しりぞ》けたまえ、我が命を、異形から救いたまえっ」

わななく唇で真言《しんごん》を唱え始める。若僧の態度は、鬼女をひどく失望させた。

化け物。

――どうして。どうして私を救う言葉じゃないの。お坊さまなら、私を救ってくれるかもって思ったのに。

化け物。

――どうしてその口で、その言葉で、私を消そうとするの？　あなたの口は、言葉は、私を救えるかもしれないのに……ねえ、そんな目で見ないで。やめて、やめてやめてやめてやめて。

鬼女の心を、たちまちどす黒い感情が覆った。

――殺せ。

どこからか聞こえてきた声に、鬼女は従うことにした。

「やめろ、後生だからやめてくれ、や――」

次の瞬間、純白の雪に、新たな赤いまだら模様が生まれた。

しん、と静まり返った山中で、唯一聞こえるのは鬼女が雪を踏む音だけだ。

ざく。ざく。ざく。

雪はすべての音を吸収し、浮世《うきよ》から消し去ってしまう。僧侶たちの血もいつかは雪解け水となり土に染みこんでいくか、誰かの喉を潤《うるお》す飲み水になるのかもしれない。

「ミ、ヤ」

取り留めのないことを考えているうち、鬼女の思念は、またも曖昧《あいまい》になり薄れていった。

意図せず足が止まる。鬼女は比叡山から南西の麓《ふもと》を見渡した。遠く、月明かりに浮かび上がる古都を眺める。碁盤の目状に区画された町並みは、整然として美しく、非の打ち所がない。

不意に口が独りでに開き、内側から声が漏れ出した。鬼女の意思ではない。が、もはや抗う気すら起こらなかった。己を支配していく力に、身も心もすべて委《ゆだ》ねてしまったら、きっと素晴らしく楽だろう。

「ミ、ココ、コ……京《みやこ》を、我らの手に……テ、ニニニ……」

鬼女の体から邪気が染み出て、静謐《せいひっ》な山の空気を侵していく。己の邪気が比叡山の一帯に満ち、やがてあの優美な都に向かい流れていくのを感じながら、鬼女はいつまでも笑っていた。

一

時は寛政《かんせい》。皐月《さつき》も半ばを過ぎた頃である。

京の西を流れる紙屋川《かみやがわ》は、激しい夕立ちによって水かさが増し、ざあざあと喧《かまびす》しい音を立てていた。

「やれ、こうも蒸し暑いとかないまへんな」

「せっかく飲んだ酒が汗で流れていってまうしねえ」

「なあ吉次《きちじ》はん、京の島原《しまばら》はどうどした？　江戸の遊里とは違った良さがあったんちゃいます？」

紙屋川のほとりを、四人の男たちが千鳥足《ちどりあし》で歩いていた。遊郭《ゆうかく》の揚屋《あげや》で借りてきたのか、おのおの安物の暁傘《あかつきがさ》と提灯《ちょうちん》を手に、汗ばんだ肌を手ぬぐいで拭《ふ》きつつ歩を進める。

日に焼けた褐色《かっしょく》の肌、腕や脚についたたくましい筋。大工の職人たちだ。

「まあ確かに、江戸の吉原《よしわら》とは違った華やかさがあったな。酒の質もよかったし、肴《さかな》も興《きよう》もそこそこだった」

吉次と呼ばれた男はそう言いつつも、不服そうに鼻を鳴らした。

「でもあの妓《おんな》たちは何だ？　どいつもこいつも噓くせえ笑顔で、腹の底じゃ男を見下してんのがばればれだぜ」

他の大工仲間たちは一様に苦笑いを浮かべていた。

「まァそう言いなさんな。わかりやすう媚《こび》を売ってばかりの遊女よかよっぽどそそられるでしょ？　それに吉次はん、太夫《たゆう》と目が合《お》うて嬉しそうにしてはったやないですか」

「て、てやんでえ、誰が鼻の下を伸ばすもんかッ」

「そこまでは言うてまへんけど」

この男はあくまで不満げな態度を貫こうとしているのだろう、と仲間たちは視線を交わして肩をすくめた。

「ほらそんなことより、梅雨《つゆ》が明けたら京は祭の予定が目白押しや。大工もみんな忙しなる。島原で十分に英気を養えたことですし、気張っていきまひょ、ね？」

ぽんと肩を叩かれた吉次は、何やら軽くいなされた心持ちがして下唇を突き出した。

川の音を聞きながら、男たちは辻を右に曲がった。辺りには夜の静けさが満ちて、彼らの他に道を行く者はいない。

コーン……コーン……

「何やろか、あの音は」

「……釘の音？」

「まっさか、誰がこない時間に釘を打っつっちゅうねん。危なっかしくてしゃあないやろ？　野狐がどっかで鳴いてるんとちゃうか」

間もなく大将軍八神社が左手に見えようかという時になって、一人がぶるると肩を縮こめた。

「ああ寒っ。なんやえらい涼しなってきたなァ」

降り注いだ雨が周囲の瓦屋根を冷たく光らせていた。踏みしめる地面はじっとり濡れ、土が草履《ぞうり》の底にへばりついてくるようだ。

梅雨寒やろか、と男は両腕を抱くようにさする。

「そういえば皆、あれ読んだか？　一条通《いちじょうどおり》に鬼が出たって瓦版《かわらばん》」

「なんそれ、一条通いうたらここやないか」

と、一人が異変に気づいて後ろを見返った。

「あらっ？　吉次はん、どうしはったんや。そんなとこで立ち止まってもうて」

見れば、吉次の顔は苦虫を噛み潰したようになっていた。

「……鬼、だと」

江戸で生まれ育った吉次は、縁あって京の大工頭の娘と所帯を持つことになり、江戸から京へ越してきた。京の地に住み始めてかれこれ五年になるが、近ごろ不穏な噂をよく耳にする。

それが、京に鬼が出没するという噂だった。

鬼——生前、何らかの恨みや哀しみを抱いたまま死した者が、無念を捨てきれずに成り果てた者を指す。黒い肌、長く伸びた爪、額には角。その見た目はまさに異形と呼ぶにふさわしく、常人離れした力は、古くより人々の生命を脅《おびや》かしてきた。

京都が平安京と称され名実ともに日ノ本の都であった頃、この地には数えきれぬほどの鬼や魑魅魍魎《ちみもうりょう》の類《たぐい》が跋扈《ばっこ》していたという。だがそれらの話は時代が下るに従って嘘か真実かも知れぬ伝説と化し、能楽などの題材として消費されるものに過ぎなくなった。

江戸に鬼が出るという話とて、京の者たちにとっては関係のないこと。鬼の存在はあくまで現実味に欠けたものとして認識されていた――はずだったのだが。

吉次が京にやってきた当初は、鬼の話題を日常で耳にすることなどほぼ皆無であった。にもかかわらず昨今、やれどこそこで鬼を見ただの、人が鬼に食われただのと、穏やかならぬ噂が流れるようになったのだ。

――何が鬼だ、冗談じゃねえ。せっかく江戸から京まで来て、やっとこさ忘れかけてたってのによ……。

「……はん？　おうい吉次はん、大丈夫かいな」

仲間の呼ぶ声がして、吉次はハッと我に返った。

「もしかして吉次はん、怖いんどすか？　鬼が」

「はあ？」

「心配せんでもここに鬼なんかいやしまへんよ。どうせ読売屋が昔話か何かをこねくりまわして考えた作り話ですって」

幼子をなだめるような物言いに、吉次は思わず憤慨した。

「この俺様が、鬼を怖がる？　ばっきゃろう、鬼なんざ屁《へ》とも思っちゃいねえよ。たとえ本当に出たとしても俺の腕っぷしで退治してやらあ」

「そら頼もしいこって」

仲間たちは安堵《あんど》したような半笑いのような面持ちをして、またぞろ歩き始めた。
鬼など微塵《みじん》も怖くはない——吉次の言ったことは嘘である。否、半分は嘘で、半分は真実と言った方が正しい。なぜなら彼が真に恐れているのは鬼でなく、「鬼に対峙《たいじ》する者」だからだ。

——それともこのまま……地獄に行くかい？


冷たい指に背筋をなぞられる錯覚に襲われ、吉次は身震いした。

今を遡《さかのぼ》ること八年前。吉次は、不運にも鬼と遭遇《そうぐう》した。押上《おしあげ》の橋の上に夜な夜な現れては、通りかかる者を川に引きずりこみ溺死《できし》させていた鬼女。恐怖でへたりこむ吉次の前に現れたのは、黒装束に身を包んだ者だった。

一緒にいた蕎麦《そば》屋の店主とともに命からがら逃げ出したものの、あれから何度、悪夢にうなされたことか。あの黒ずくめが着けていた能面は今もなお頭にこびりついて離れない。

コーン……コーン……

仲間たちがぐだぐだと芸妓の品評に興じる声を聞きながら、吉次は自身の心を落ち着かせた。

——よく考えてもみろ、ありゃ昔の話だ。しかもここは江戸から百三十里も離れてるんだぜ？　あいつが、京にいるわけねえだろう。

「俺は天下の江戸っ子吉次さまだぞ。怖いなんて感情はな、おっ母の腹ン中に置いてき……へぶっ」

いつの間にか立ち止まっていた仲間の後頭部に、吉次は鼻をぶつけてしまった。

「おいっ。急に止まるんじゃねえよ、危ねえだろが」

「あ、ああ……あれ……」

鼻が曲がっていないかと確かめつつ、仲間の指差す先を見やる。

その瞬間、言葉を失った。

提灯の薄明かりの向こう、男たちの前方に、女がひとり立っていた。しかしその者が女人だとわかるまでには些《いささ》か時間を要した。女の出で立ちがあまりに異様だったからだ。

白い長襦袢《ながじゅばん》に身を包み、頭には蠟燭《ろうそく》のついた鉄の五徳《ごとく》。顔には朱、襦袢からのぞく肌という肌に塗りたくってあるのは、丹《に》だろうか。

女の目には眼球がなかった。がらんどうの眼窩《がんか》に広がるのは黒々とした闇ばかり。

耳まで裂けた口からはうら寒い邪気が漏れ、額には、振り乱した髪を掻き分けて一寸ほどの角がのぞいている。

「お、鬼……」

血の池に浸かったかのごとく真っ赤な肌をした鬼が、男たちにほのかな微笑を向けていた。

やや間を置いて、鬼は男たちの方へと歩き始めた。鬼の表情から感じ取れるのは悦楽だ。獲物を見つけて昂揚《こうよう》した笑みが、一歩ずつ、着実にこちらへ近づいてくる。

先頭にいた男が地にへたりこんだ。鬼の容貌を目の当たりにして力が抜けてしまったらしい。

「なんしとるんや、早《はよ》う立ちっ」

「せやっ。吉次はん、あんた鬼を退治できるんやったな」

男たちの目が一斉に吉次へと向けられた。

「え……？」

一同は示しあわせたように吉次の背を押す。

――こいつら、俺を囮《おとり》にして逃げようとしやがって……。

仲間の魂胆《こんたん》を見抜いた吉次は、しかし、彼らに抗議すらできなかった。血の気が引き、手足が瞬く間に冷えていく。震える唇からは浅い呼気しか出てこない。そうしている間にも鬼は近づいてくる。

「ミ、テ……」

赤く塗られた素足がぐちゅ、ぐちゅと湿った地面を踏む音。手を伸ばせば互いに触れられる距離まで来て、鬼は足を止めた。

「……アタシ、ヲ、ミ、ミミミ……」

不気味に揺れる鬼の声は、笑いを押し殺しているようにも、さめざめ泣いているようにも聞こえた。鬼はさらに一歩こちらへ歩み寄る。細い指の先から、黒い爪がめきめきと音を立てて伸びていく。

ついに吉次は立っていることさえできなくなり、地面に尻をついた。このままでは殺される。わかっているのに、体はまるで地面に縫《ぬ》いつけられたかのようにぴくりとも動かせない。

鬼は眼球のない目で吉次を見下ろしていた。と、何を思ったかゆっくり屈みこみ始めた。一方で吉次は、鬼の顔が自分に向かって落ちてくるのを見つめるばかりだ。

やがて視界が鬼の顔面で覆われた途端、

——あなたも、あたしと一緒に、死ぬ？

真っ黒な目が弓なりになったかと思いきや、鬼は腕を振りかざした。ぶん、と鋭い爪が空気を切り裂く。

その時だった。

両者の間に閃《ひらめ》く人影が一つ。黒装束をまとったその者は、白く華奢《きやしゃ》な脚を迅速《じんそく》にまわし、鬼を勢いよく蹴り飛ばした。

鬼の体が左手に見える納屋へと突っこむ。

「はァ。京の地理ってわかりやすそうで実際わかりにくいんだよなあ。勘で歩いたらすぐ反対の方角に行っちまうんだから」

気怠《けだる》げな声がして、吉次は目を瞠《みは》った。

低く霞《かすみ》がかった、胸の奥を直《じか》に打つような声。艶《つや》めく長い黒髪。漆黒《しっこく》の着流し。そして——。

黒ずくめはくるりと吉次を振り返った。

「おいあんた、何ぼさっとしてるんだ。早く逃げな」

その顔には、忘れもしない、あの能面が着けられていた。両目と薄く開いた口が金色に塗られた泥眼《でいがん》の面。月夜に青白く、哀しげに浮かび上がった面が、吉次に薄ら笑いを向けていた。

「な、何で、何でおめえが京に」

「は？　いいから去《い》ね。あんたのお仲間はとっくに逃げたぞ」

黒ずくめに言われて見返れば、仲間たちは皆すでに通りからいなくなっていた。

行け、と再び急かす声がするも、吉次の足は恐怖に縛られて動かない。

今目の前にいる黒ずくめと、過去に押上で見た者は間違いなく同一人物だ。しかしながら吉次が記憶する八年前と今とでは、様相がかなり異なっていた。

右腕が、ないのである。中身のない右袖が風に揺れる様は、何とも心許なく見える。吉次が困惑していると、黒の着流しに巻かれた腰帯が、もぞ、と動いた。

黒い腰帯だと思っていたのが生きた黒蛇であると気づくや、吉次の頭は真っ白になっていった。

黒蛇は細い瞳孔で吉次の頭のてっぺんから爪先までをねめまわす。先端が二つに割れた舌をちろりと出す。

「ふうむ、なかなか噛み応えのありそうな肉じゃ。のう瑠璃《るり》、こやつ、食うてもよいか？」

「ぎ……」

黒蛇が舌舐《な》めずりをした瞬間、吉次の恐怖心が一挙に弾けた。

「ぎいいやあああ助けてえええええっ」

もう嫌だ、とこけつまろびつ、吉次は紙屋川の方へ向かって脱兎《だっと》のごとく逃げ去っていった。

その後ろ姿を無言で見送ってから、瑠璃は通りに誰もいなくなったのを確認して一息ついた。

——何だ今の、あんな知り合いいたっけか……？

が、背後に気配を感じて見返る。

音もなく忍び寄ってきていた鬼が、瑠璃の頭上に爪をかざしていた。

瑠璃は直ちに腰を落とす。鬼の爪をよける。鬼の腹部に膝蹴りを入れると、間髪を入れずその場で体を一回転させる。

うめき声を上げてふらついた鬼の鳩尾《みぞおち》めがけ、豪快に左脚をまわし当てた。

「あんたの膂力《りょりょく》も大したモンだが、こちとら駕籠《かご》も使わず日ノ本中を歩いてきたんだ。腕が一本ない代わりに、脚力なら負けやしないよ」

蹴り飛ばされた鬼は鳩尾を押さえ、地面でのた打ちまわっている。どうやら蹴りが効いているようだ。

「さあ飛雷《ひらい》、早いとこ終わらせよう。刀に変化《へんげ》しな」

「やれやれ、面倒じゃのう」

黒蛇――飛雷は大仰にため息をついた。

瑠璃の腰元から離れ、頭から尾の先までをまっすぐに伸ばす。不可思議な冷気が漂う中、黒蛇の体はやがて硬化し、鍔《つば》のない一振りの黒刀へと変じた。

「おい瑠璃。こやつの角は見たところ一寸、さして強い鬼ではないわい。やるならさっさとやれ」

左手に握る黒刀から、飛雷の声がした。

瑠璃は飛雷を前に構える。それを察したのか、うめき苦しんでいた鬼が地面からがばりと起き上がった。

鬼は駆けだした。かと思いきや、膝を折って跳躍《ちょうやく》する。瑠璃の顔面に向かって爪を振るう。対する瑠璃はひらりと身をひねる。鬼の背後にまわるや、飛雷を宙に振り上げた。

ざん、と丹の塗られた右腕が根元から斬《き》り落とされる。断面から黒い血が一気に噴き出す。鬼の悲痛な叫び声が耳をつんざいた。

「一撃で終《しま》いにできなかったか。だが次で――」

と、鬼のいる場所から何かが飛んできた。咄嗟《とっさ》に黒刀で弾く。

燃え差しの蠟燭がついた五徳だった。注意をそらされた瑠璃の隙を見て、鬼は自らの髪を伸ばした。

意思を帯びた髪の束が見る見るうちに伸びてくる。先端は刃のように鋭い。瑠璃は横に転がりつつ髪を回避する。だが髪の束は瑠璃の動きを追ってきた。

「まだこんな力が残ってるのか」

「お前の斬撃《ざんげき》が甘いからじゃ。鍛錬《たんれん》が足りとらん証拠よ」

炎のごとく揺らめく髪の毛。瑠璃は飛雷を振るって斬りつける。いくつかの束が斬り落とされ、力を失って地に落ちる。しかし残った束はなおも瑠璃を捉えんと宙に波打った。

少しずつ斬っていったのではきりがない。鬼の懐にもぐりこみ、本体を叩かねば——そう考えた矢先、散り散りになっていた髪が集結していき、そのうち一つの束になった。

太さを増した束が夜闇にうねる。瑠璃の腹を串刺しにせんと襲いかかる。

瑠璃は黒刀を正面にかざす。すんでのところで腹を防御できたものの、細身の体は通りに吹き飛んだ。

膝を立て、地を擦りながら停止する。片や邪気を帯びた髪はひと塊になり再び向かってくる。

「……むしろ好都合だ」

瑠璃は立膝をしたまま動かない。迫り来る髪の束。まっすぐ突進してくるかと思いきや、瑠璃の脳天を目指し湾曲する。

瞬間、瑠璃は速やかに立ち上がるや身を翻《ひるがえ》した。標的を逃した髪が地に深々と突き刺さる。動きが止まったのを見計らい、瑠璃は横一線に黒刀を振った。さらに一太刀、もう一太刀と、髪の束に斬撃を見舞う。

黒刀は一本残らず髪を斬り落とした。

はらり、と髪が柳の葉のように風に揺れ、地に落ちていく。すると怒気《どき》を孕《はら》んだうなり声がして、瑠璃は視線を転じた。

髪をざんばらに垂らした鬼が、こちらに向かい駆けてきた。先ほど斬った右腕の付け根からどす黒い血が滴《したた》って、地面にあられ文様を描く。

奇声を上げながら残った左腕を振りかざす鬼。瑠璃は飛雷で受け止める。黒い爪と黒い刀が夜闇にかちあい、鋭く火花を散らす。

鬼が地面と平行に左腕を振るった。

――今だ。

瑠璃はさっと屈むが早いか、腿《もも》に力をこめ、高々と宙に飛び上がった。無人になった場所を鬼の爪が空振りする。鬼は己の影が奇妙に膨《ふく》らんでいるのを察したのだろう、視線を上に向けた。

空洞の眼《まなこ》に映ったのは、月を背に、瑠璃が頭上で刀を構える姿であった。

「……ごめんよ。けど、これで終わりにしよう」

瑠璃は刃をかざすと落下にあわせ、鬼の体を一息に両断した。

鬼は悲鳴ともとれぬ声を短く漏らした。右と左に分かれた体から、徐々に力が抜けていく。肌がぼろぼろと崩れだし、胴、四肢、そして頭までもが、真っ黒な砂山と化していく。

そのさなか、

――見てよ。あたしを見てよ。

と声がした。それは鬼になった女の、魂の嘆きであった。

地面に降り立った瑠璃は指で懐を探る。取り出したのは一枚の瓦版だ。そこにはこんな内容が書かれていた。

越前《えちぜん》から京へ、女がひとり出稼ぎに来た。病がちな夫の薬代を稼ぐためである。女は仏光寺通《ぶっこうじどおり》の酒問屋で懸命に働き、夫へ銀銭を送り続けた――だが女はある時知ってしまった。夫が国元で若い娘を妻《めと》り、子どもまでこさえていたことを。

怒りに心を蝕《むしば》まれた女は白装束をまとい、夜ごと大将軍八神社の境内に忍びこんでは、藁《わら》人形を呪わしい相手に見立てて五寸釘で木に打ちつける「丑《うし》の刻《こく》参り」の呪法を行った。この時の憤怒に目を血走らせた形相を、近隣の者が目撃していたそうだ。

しばらくして越前にいる夫と新妻、赤子までもが血を吐きながら、苦悶《くもん》のうちに絶命した。苦しみ抜いて死ね──女の願いが叶ったのである。しかし時を経ずして当の女も遺体となって発見された。おそらくは恨みつらみの激情に心身が耐えきれず、憤死してしまったのであろう。

──何で、あたしを見てくれないの。

女は、なおも消えぬ怨恨の果てに鬼となった。

──あなたのことを想っていたのに。あなたのために必死になっていたのに、自分だけ、馬鹿みたい……どうして裏切ったの。どうして。

繰り返される恨み言は、虚空に消えていくしかない。

瑠璃は能面の内で静かに嘆息した。

「……わっちが、見てるよ。お前さんが浄土《じょうど》へ旅立つのを、ここで、最後まで見届けるよ……だから安心して、お休み」

この言葉が届いたのだろうか、鬼の貼りつけたような笑みが、少しだけ安らかなものになった。

黒い砂はゆっくりと風の中に溶けていく。やがて一条通に、静けさがおりた。


蒸し暑さの中、鬼退治を終えた瑠璃は東に向かって歩いていた。

後頭部に手をまわし、能面の紐を解く。真珠のごとく輝く肌が、憂いを帯びた瞳が、月明かりにあらわになった。

「飛雷、もう蛇に戻っていいよ」

声をかけると黒刀がしなやかさを取り戻し、飛雷は元の黒蛇に姿を変えた。するすると瑠璃の体を這《は》い、腰元に巻きつく。

「……ままならねえな、鬼退治ってのは。何度やっても後味が悪い。わっちはいつだって、消えていく鬼に何て言ってやればいいかわからない」

「我の力で鬼は成仏されるんじゃ。弔《とむら》いの言葉を言おうが言うまいが、大した差はないわ」

「うん……そりゃまあ」

そうかもしれないけど、と瑠璃は語尾を弱める。

京の地に来ておよそ半年。土地や人の気性に未だ慣れないためか、もしくは労《いたわ》りあえる者が誰もいないからか、鬼退治が済んだ後はいつもこうして虚無感に苛《さいな》まれてしまう。

「いちいち感傷に浸るでない。辛気くさいのは嫌いじゃ」

無愛想に言い放った飛雷であったが、瑠璃の表情を見て思い直したらしく、こう付け足した。

「なれどまあ、一人での戦い方もだいぶマシになったの。低級の鬼ばかりが相手とはいえ、褒めてやらんでもないわい」

「……お前ってさ、素直じゃないところが逆に素直だよな」

目を細める瑠璃に、飛雷は「何を言う」と気色ばんだ。

飛雷は今でこそ蛇や刀に姿を変えているが、その真なる正体は、古《いにしえ》より存在する龍神である。そして何を隠そう瑠璃の前世も、蒼流《そうりゆう》という龍神だ。瑠璃は龍神の生まれ変わり。なおかつ飛雷とは、前世で兄弟の間柄であった。

飛雷の半分は刀に、もう半分は瑠璃の心の臓に二分される形で封印されている。過去、邪龍であった飛雷と瑠璃の間には易々《やすやす》とは語り尽くせぬほどの軋轢《あつれき》があった。だが五年かけて日ノ本を巡り、時に鬼を退治したり悪天候を乗り越えたりして苦楽をともにするうち、人を憎んでいた飛雷の心根は少しずつ変化していった。瑠璃との関係性もおおよそ良好になり、今では相棒と言っても差し支えはない。

こうして「邪龍を抑える」という封印の意義が薄れたからだろう、飛雷は刀から出ることこそ叶わぬものの、瑠璃が命じれば姿を変えて動きまわれるようになった。普段は黒蛇に変化して——飛雷にとっては不本意ながら——瑠璃の腰帯に擬態《ぎたい》しているのだ。

「はーあ、今回の退治も、きっと瓦版に載っちまうんだろうなあ」

町中で先日見かけた瓦版を思いながら、瑠璃はげんなりとため息をついた。以前、瑠璃の鬼退治を目撃した者の証言によって作られた記事。

そこには大きくこう刷られていた。

《妖しき能面の雄《ゆう》 烏丸通《からすまどおり》に現れし鬼を退治す》

昔のように立場を隠す必要こそなくなったものの、市井《しせい》の噂話の種にされるのは決して気分がいいものではない。ともあれ「雄」としか書かれていないことは、女とは特定されていないということだろう。安堵すべき点ではあるが、瑠璃は瓦版に描かれた絵を思い出して舌を鳴らした。

――どう見ても女だろうが。さてはあれか？　胸が小せえ女は女じゃないってか？　まったく業腹だよこんちきしょうめ。

毒づきながら寺が並ぶ通りを歩き続け、どれだけ経ってからか、

「――ひっく、ひっく――」

誰かがすすり泣く声を耳にして、瑠璃は自ずと足を止めた。

不思議に思いながらも目を閉じ、声のする方向へ耳をそばだててみる。

「子どもの声？」

こんな夜更けに幼子が出歩いているなど危険すぎるではないか。親は何してるんだ、と言いつつ声のする方を辿った。

すすり泣く声は、辻を曲がった辺りから聞こえてくる。

「おい、こんな時間にうろうろしてちゃ駄目だろう。子どもはさっさと家に帰っ……え？」

ところが辻を曲がった瞬間、瑠璃は口をあんぐり開けた。

声の正体が、一匹の狐だったからである。

「……ッ」

当の狐も人に話しかけられるとは思っていなかったのか、後方にいる瑠璃を見るや

細長い目をこれでもかと見開いた。後ろ足は固い縄に捕らわれている。どうやら地面に狸用のくくり罠が仕掛けられていたらしい。

「お前、妖《あやかし》だな？」

妖狐《ようこ》の目におびえた色が差した。即座に立ち上がって走りだそうとする。しかし動けば動くほど縄が食いこむために、痛々しい鳴き声を漏らした。

「こらじっとしてろ。すぐに縄を外してやるから――飛雷、もっかい変化しろ」

「お前、我を包丁か匕首《あいくち》と思っとらんか？」

黒蛇の小言を聞き流し、瑠璃は狐に歩み寄る。そして涙に濡れる顔から全身へと視線を伝わせた途端、眉をひそめた。

妖狐には、左の前足がなかった。

「どうしたんだ、その足。怪我でもしちまったのか」

「……に、人間なんかに、関係あらへん……」

妖狐は鼻面に皺《しわ》を寄せた。目力は弱々しく、腰が引けてはいるが、どうもこちらを威嚇《いかく》しているようだ。

「人間なんかにって……まさかその足、人間にやられたのか？」

傷口はふさがっているため、かなり前に足を切断したものと思われる。仔細《しさい》を尋ねてみれども、瑠璃の声を聞くまいとするかのように妖狐はかぶりを振った。

「も、もういいからあっち行ってや。どうせ優しい顔して近づいといて、本心ではおいらを取って食おうとしとるに決まっ――」

そこまで言いかけて、妖狐は唐突に言葉を切った。

彼の目は瑠璃の左手――飛雷が変じた黒刀に釘付けになっている。

「いや待て、違うんだこれはっ。罠を切ろうとしただけで、何もお前を食おうとかそういうんじゃ」

弁明のさなか、折悪しく瑠璃の腹がぐう、と空腹を訴えた。

「うわあああんっ。嘘つき、やっぱりおいらを食べるつもりなんや。に、人間なんて、人間なんて大っ嫌いっ」

妖狐はじたばたともがいた。罠の縄がさらにきつく後ろ足を締め上げていくにもかかわらず、暴れるのをやめようとしない。

瑠璃は対話を諦め、急いで黒刀の刃先で縄を切った。

「あ、ちょっと待――」

罠から解き放たれるが早いか、妖狐は三つ足で一目散に駆けていってしまった。よほど身の危険を感じたのであろう。

立ち尽くす瑠璃に向かい、飛雷が呆れたように嘆息した。

「あーあー。お前が怖がらせるからじゃぞ」

「わっちのせいなのかっ？　……いや、わっちの腹のせいか……」

ひょこひょこと体を傾けながら遠ざかっていく妖狐の後ろ姿を、瑠璃は肩を落として見つめるばかりであった。

二

世に「魔」あれば、「魔を祓《はら》う者」もまた存在する。

かつて江戸は吉原で花魁《おいらん》を務めていた瑠璃は、裏で鬼退治組織の頭領を兼任し、江戸の地を人知れず守っていた。

「黒雲《こくうん》」――瑠璃の統率のもと、錫杖を操る錠吉《じょうきち》、金剛杵《こんごうしょ》を操る権三《ごんぞう》、結界役を担う豊二郎《とよじろう》と栄二郎《えいじろう》の双子、と計五人で構成される組織だ。鬼退治の任務を命じていたのは時の将軍、徳川家治《とくがわいえはる》である。

黒雲の男衆は四人ともが、鬼との因縁浅からぬ過去を経験していた。瑠璃たちは時にぶつかり、時に分離しながらも、数々の戦いを経て互いの苦悩を共有し、信頼関係を深めていった。

そんな黒雲の前に立ちはだかったのが、「鳩飼《はとか》い」という鬼狩りの組織だった。瑠璃の義理の兄、惣之丞《そうのじょう》が頭領を務める鳩飼いは、差別制度の撤廃《てっぱい》を条件に帝の後ろ盾を得、幕府を崩壊させせんと企んでいたのだ。義兄の目的を知った瑠璃は葛藤《かっとう》した。なぜなら瑠璃の出自は産鉄民《さんてつみん》であり、彼女自身もまた「虐《しいた》げられる者」だったからだ。さりとて鳩飼いの計画を野放しにすれば、江戸の壊滅《かいめつ》は避けられない――悩み抜いた末、瑠璃は江戸に生きる民を守るべく、義兄と対峙することを決意した。

惣之丞は日ノ本で最強と恐れられる鬼、平将門《たいらのまさかど》を復活させた。幕府と禁裏《きんり》の代理戦を請け負った黒雲と鳩飼い。両者は互いに一歩も退かず、決戦は熾烈《しれつ》を極めた。しかし戦はついに終焉《しゅうえん》を迎える。瑠璃は己が右腕を犠牲にしながら、持ちうるすべての力を出しきり、将門を討《う》ったのであった。

将門とともに江戸中の怨念が浄化され、江戸から鬼はいなくなった。だが謂《い》われなき差別に涙する者のある限り、そしてさまよい続ける魂のある限り、瑠璃の闘いは終わらない。瑠璃は思い出の詰まった江戸を離れ、日ノ本を巡る旅に出た。家族も同然に想っていた同志たちに、別れを告げて――。

ドスン。ドスン。

梅雨もようやく明けた昼下がり。瑠璃はぎらぎら照りつける炎天のもと、額に玉のような汗を浮かべながら、手ぬぐいや男物の褌《ふんどし》を一心不乱に杵《きね》で叩いていた。これは洗濯の工程の一つだ。杵で叩くことで光沢が生まれ、肌触りが滑らかになる。

「ふう、さすがにあっちいな」

杵をつく手を止め、ほつれて顔にかかった髪をかきあげる。

横兵庫《よこひょうご》や天神《てんじん》に髪を結い、幾本もの櫛《くし》や簪《かんざし》で飾り立てていたのは過去の話。長い黒髪は今、団子状にぐるぐると巻かれ、二本の玉簪で簡単に留めてあるだけだ。着物も黒地に細かな赤縦縞を並べた単衣《ひとえ》で、色とりどりの錦や綸子《りんず》、羽二重を重ね着していた頃とは大違いである。当然ながら化粧もする必要がないため、艶《つや》の浮かぶきめ細かな素肌を風にさらしている。

すっかり市井の女の装いが身についた瑠璃だが、くっきりした目鼻立ちや長い睫毛《まつげ》、何より醸し出す婀娜《あだ》な雰囲気は、昔とさほど変わらない。

「おうい、瑠璃さあん」

陽気な声がして、瑠璃は視線を巡らせた。

「はいどうぞ、暑いと思ってお水を持ってきましたっ」

首に笠をかけた狸が、短い脚でとことこと坪庭にやってきた。瑠璃に向かって水が入った木の椀を差し出す。

「ありがとうお恋《れん》。ちょうど喉が渇いてたんだ」

「うふふ、お安い御用ですよう」

礼を言われた狸は満面の笑みを広げた。

お恋は信楽焼の付喪神《つくもがみ》、すなわち妖である。瑠璃が吉原にいた頃からの友で、京にやってきた今も生活を共にしている。

とはいえお恋は最初から瑠璃の旅に同行していたわけではない。昨年の秋、江戸に一度戻ってきた瑠璃がまた黙って出立してしまったことに、いち早く気づいたのがお恋だった。必死に関所まで走り、瑠璃の背中に追いついた狸は、一緒に連れていけと訴えた。

頼る当てがない旅は厳しいものだ。無論、瑠璃はお恋を帰そうとしたのだが、

——また離れ離れになるなんて、絶対に嫌ですっ。瑠璃さんのそばにできる限り長くいるって、私、ずっと決めてたんですからっ。

涙と鼻水を垂らしながら、お恋は断じて譲ろうとしなかった。

「……ありがとな、お恋」

「へ？　そんなにお水がおいしかったですか？」

苦笑しつつも瑠璃は椀を縁側に置き、お恋の茶色い毛並みに手を触れた。鬼と対峙したうら寒さや切なさがいつも狸の温もりで和らげられていることを、当のお恋は気

づいていないだろう。

「よしっ、もうひと頑張りするか」

瑠璃は臼《うす》の中の反物《たんもの》に向かい、またも豪快に杵を振りかぶる。

片腕での生活が両腕そろっていた頃に比べて不便なことには変わりないが、年月が経てば案外と慣れるものだ。瑞雲文《ずいうんもん》に胡蝶《こちょう》が舞う帯も、お恋に手伝ってもらえば体裁を整えられる。帯はやや不格好に締められているものの、外に出る際は飛雷が上から巻きつくのだからさほど問題なかろう。

——あの妖狐、あれからどうしたかな。

物思いにふけりながら、ドス、と杵を叩きつける。

——またどこかで会えりゃいいんだが。でも何だか訳ありって感じだったし、簡単には心を開いてくれないかも……。

人間をあれほど恐れていたのは、過去にも罠にかかった経験があるからだろうか。おびえきった妖狐の姿を思い返すと、瑠璃はいたたまれなくなった。

すると縁側で長らく杵つきを眺めていた飛雷が、ぽつりとこぼした。

「お前、いいのか？　その襌ずたぼろになっておるが」

「え……ああぁっ」

臼の中を見やった瑠璃は顔をしかめた。褌はぼろ雑巾の方がいくらかよいと思えるくらいの、無残な布切れに変わり果てていた。上の空になっていたせいで力の加減を誤ったのだ。その上、臼には浅く亀裂が入っている。

龍神の宿世である瑠璃は生まれつき、常人より力が強いのだった。

「まずいまずいっ。この臼ってもう何基めだっけ？」

「先月までに三基を破壊ずみだから、四基めですようっ」

飛雷の横でお恋が明るく答える。しばし放心していた瑠璃であったが、やがて意を決したように息をつき、小さな坪庭から出た。

鰻《うなぎ》の寝床さながらの細長い走り庭を進み、奥の間と居間を通り過ぎ、玄関の横にある作業部屋の襖《ふすま》を開ける。

「閑馬《しづま》先生、ごめん、またやっちま――」

「んな、なな何を言い出すんや甚太《じんた》ッ」

襖を開けるなり大きな声がして、瑠璃はびく、と肩を揺らした。

部屋の中には多種多様な人形が、所狭しと置いてあった。桃太郎に金太郎。可愛らしい子どもの人形があったかと思えば、遊女や役者を模《かたど》ったものも。まだ作りかけなのだろう、四肢と胴体が分離したままの人形が多く、壁には大きな頭部がずらりと並んでいる。

　人形たちに囲まれて、藍染めの甚平《じんべい》をまとい頭を手ぬぐいで覆った男と、幼い童子が向かいあっていた。男――閑馬の顔は、なぜか真っ赤だ。

「あ、ああ瑠璃さん。えらいすんまへん、やかましかったですかね」

　瑠璃の姿に気づいた閑馬は、へら、と顔をほころばせた。やや垂れ気味の奥二重の目は、笑うとさらに細くなる。弱ったような笑顔に、はてと瑠璃は首をひねった。

「おねえちゃん、それ、何や？」

　近所に住む五歳の子、甚太が瑠璃の手元を見て尋ねた。

「えっと、これ、は……」

　瑠璃は左手にさげた「かつて褌だった布」をおそるおそる差し出す。

　閑馬の目が点になった。

「あちゃあ。こらまた思いっきりやらはったなあ」

「ご、ごめんなさい」

　弁解の余地もなく瑠璃はうなだれた。が、閑馬は褌をしげしげ見つめていたかと思うと突然、ぶっと吹き出した。

「ははは、何なんこれ、ホンマに褌？　おろしたてやったんに、どうやったらこないボロボロになるんっ？　俺の褌が、あははははは」

褌の変わりようがよほどおかしかったのか、涙を流して笑い続ける閑馬。そのうち笑い声が引きつったものになったかと思うと、

「はは、か、ひん……っ」

ついには息を吸いこめず後ろに倒れてしまった。

「閑馬せんせえ、いやや、死なんといて」

「おいしっかりしてくれっ。笑いすぎて倒れるとか、何なんだよあんたはっ」

なおも息ができず畳の上で身悶えする閑馬。瑠璃は慌てて彼の背を叩く。しかし軽く叩くつもりが勢い余って殴りつけるような衝撃を与えてしまい、閑馬の喉から「がはッ」と音が弾けた。

「あっ、ごめん先生。痛かったか？」

「だ、大丈夫ですよ、たぶん……」

「やっぱりや。おねえちゃんて、あれなんやろ？」

と、瑠璃は咳きこむ閑馬から甚太へ目を移した。

「おねえちゃん、閑馬せんせえの〝いい人〟なんやよね？」

「……はい？」

「また変なこと言うてっ。それより甚太、うちに来ることオトンとオカンに言うたんか？　黙って出てきたらまた叱られてまうで」

閑馬は目に見えて動揺している。どうやら大声を出していたのはこれが原因らしい。片や瑠璃は、自分にしか聞こえぬほどの小さな吐息を漏らした。

甚太が言ったのは「好《い》い人」の意だろう。両親か近所の者たちが噂しているのを、小耳に挟んだに違いない。

近隣の住民が閑馬と自分の仲を勘違いしていることは、瑠璃も何となく気がついていた。面と向かって聞かれたことこそないものの、道で挨拶を交わすたび、彼らの目には含みが感じられるのだ。「閑馬との関係を問い質したくて仕方ない」、と顔に書いてあった。

――最近になってわかってきたけど、京の人間ってどうもそういうところがあるんだよなあ……まァ閑馬先生は独り身だから仕方ないんだろうけど。

江戸の人間なら正面を切って「どういう仲なんだい」と尋ねるところだが、京では他者と一線を引き、互いに踏み入らぬのが暗黙の了解らしい。そうして一定の距離を保つことで無用な揉《も》め事が起こらないようにしているのだ――野次馬根性は、江戸の人間とさして変わらないようだったが。

悶々《もんもん》とする瑠璃をよそに、甚太は大切そうに手に包んでいたものを閑馬に向かって見せていた。

「あんね、うちの窓のところにね、この子が落っこちとったんや」

「雀《すずめ》か……あらら、怪我しとるなあ。可哀相に」

甚太の手の中には小さな雀が収まっていた。鴉《からす》にでも襲われたのだろうか、羽が折れ、息も見るからに弱々しい。

「せんせえ、この子、治せへん？　治せるよね、ね？」

「うーん、俺は医者とちゃうからなあ」

困ったように首筋をさする閑馬であったが、甚太が涙目になっているのを察し、迷った挙げ句「よし」と膝を打った。

「やってみよか。折れた羽は添え木をしてたら治るかもしれへん。俺がきちんと面倒みるさけ、安心しぃ」

「ほんとう？」

「わっちも一緒に世話するよ。甚太もたまに来て声をかけてやるといい」

瑠璃は甚太の頭にそっと手を置く。潮垂れていた童子の顔が、ぱあっと輝いた。

「ありがとう閑馬せんせえ、おねえちゃん」

甚太の笑顔につられ、閑馬も目尻を緩めていた。

——ついつい忘れそうになっちまうけど、京にもこういう清々しい人間がいるんだよな。閑馬先生や、甚太みたい、な……。

二人のやり取りを見ていた瑠璃は微笑ましく思うと同時に、甚太の顔が青白いのが若干、気になっていた。


日は段々と傾き始め、京の空は鮮やかな橙《だいだい》色に変わりつつあった。

閑馬の家は京の北側、上京《かみぎょう》に位置している。この地にはかつて帝の御所があったそうだが、遠い昔に東へ移転したため、現在この地にあるのは古い家屋と田畑ばかり。少し寂れた印象であるものの、どこか心落ち着く空気が流れていた。

瑠璃と閑馬、お恋、そして飛雷は、町家の中心にある居間で早めの夕餉《ゆうげ》を囲んだ。使いこまれた木製の箱膳に載っているのは雪花菜《おから》の和え物、にしんなすと、至って質素な品々である。

「堪忍《かんにん》なあ、こない簡単なモンばっかりで。月が替わったら人形の代金も支払われることやし、そしたら鮎《あゆ》の塩焼きでも食べまひょ」

「いやいや、白飯を食わせてもらえるだけで御の字だよ。居候《いそうろう》のわっちらが献立の文句なんか言うはずないじゃないか」

鮎の塩焼きを思い浮かべてじゅるり、とよだれを垂らす狸を、瑠璃は横目で睨《にら》んだ。

「それにしても早いなあ。今日は二十五ォやから、瑠璃さんたちと出会ってもう半年も経つんですね」

「そういやそうだな……まさか異郷の地でこれほど他人《ひと》さまの世話になるとは、旅を始めた時には思ってもみなかったことだ」

雪花菜を口に含みながら、瑠璃はしみじみと閑馬へ謝意を述べた。

瑠璃と閑馬が出会ったのは、昨年の冬のことだった。

江戸を発つ際、瑠璃は吉原で得た金を路銀にするには十分なほど持って出た。しかし花魁として莫大な額を稼ぎ続け、金に糸目をつけずともよい生活ばかり送っていた彼女は、正常な金銭感覚を持ち得なかった。お恋という陽気な同道者が加わってからはことさら気持ちも財布の紐も緩む。土地の名物を手当たり次第に買っては食べ、宿賃をろくに確かめず高い宿に泊まり、当然ながら金はあっという間に減っていく。これではいけないとようよう気づいた時には、路銀は雀の涙しか残っていなかった。

加えて瑠璃たち一行を、予期せぬ出来事が次々と襲った。

お恋が大きな猪に追いかけられ、慌てて追ううちに道に迷ってしまったり、吹雪によって道が閉ざされ、宿場に長居せねばならなくなったり。そうして京に着くまでの日数はどんどんかさみ、残りの金子《きんす》も哀しいほど少なくなっていった。

一行に止《とど》めを刺したのは、京まであとほんの少し、という地点まで辿り着いた時のこと。瑠璃はいかにも善良そうな老婆と幼子に、何と残りの金をすべて騙し取られてしまったのだ。普通なら怪しむべきであったにもかかわらず、世間の常識に疎《うと》い瑠璃には、そうした発想がとんと浮かばなかった。

干飯《ほしいい》も食べ尽くし、安価な木賃宿にすら泊まれなくなった瑠璃たちは、雪を白飯に見立てて木の根をかじる日々を送り、時には泳げないのに琵琶湖《びわこ》で魚をつかまえようとして溺《おぼ》れ、東海道をいつの間にやら逸《そ》れて完全に迷子になりつつ、這うように伏見《ふしみ》街道《かいどう》の終点、伏見宿に到着した。だが空腹が祟《たた》り、とうとうそこで力尽きた。

そんな瑠璃たちを助けてくれたのが、この文野《あやの》閑馬という人形師である。

男ひとりで暮らす閑馬は三十三。いっとき人形師の修業のため他藩に移るも、これまでの人生のほとんどを京で過ごしてきたそうで、言わば「生粋の京びと」だ。ややうっかり者なのが玉に瑕《きず》だが、閑馬は基本的に穏やかな気性の男であった。手先が器用なこともあって何かと近所の者に頼られることが多い。皆は親しみをこめて彼を

「先生」と呼び、瑠璃もそれに倣《なら》っている。

「あん時のことは忘れもしまへん。伏見人形を納品するんに大八車を引いて伏見宿を歩いとったら、狸が一匹と、片腕の天女さまが行き倒れてはるんやもん」

「……そんなカッコ悪い天女がいてたまるかよ」

己の計画性のなさが恥ずかしくてたまらず、瑠璃は閑馬の爽やかな笑顔から目をそらした。

「おっきな蛇が天女さまの上に乗っとるもんやさけ、てっきり食べるつもりなんやと思うたけど。飛雷、お前さんはあの雪の中で、瑠璃さんを守っとったんやなあ」

「ふん。我はただ昼寝をしておっただけよ。食うても食わんでも、我はひもじさを感じんからな」

何と言っても龍神じゃから、と顎《あご》をそらす飛雷に対し、閑馬は気の抜けた相槌《あいづち》を打った。

「はァ、龍神さまなあ。何度聞いても俺にはようわからんけど、すごいんやなあ、飛雷は」

「閑馬先生はお恋や飛雷を怖がらなかったから、そういう意味でもありがたかったよ。妖が見える人に助けてもらえるなんて、わっちらは運がいい」

喋る狸や蛇を見ても平然としていられる人間は稀有《けう》だ。その点、閑馬はお恋と飛雷の存在も割とすんなり受け入れてくれた。

「まあ、毛ほども怖ないといえば嘘になりますけど、幽霊や鬼なんかに比べると平気ですわ。お恋も飛雷もえらいお利口さんやし」

「お、お利口さん、じゃと……」

龍神への畏怖《いふ》をまるで欠いた発言に、飛雷は声を詰まらせていた。

閑馬は幼い頃から幽霊や妖の姿がぼんやり見えていたらしく、人ならざる者への耐性も比較的ある、と瑠璃は聞かされていた。

「けど幽霊にしても妖にしても、はっきりとは見えなかったんだろう？　いつから今みたいに見えるようになったんだい」

「確かなことはわからへんのですが、たぶん〝団栗焼け《どんぐり》〟が起こった後やったかと……俺だけやない、その頃から妖が見える人の数が、京でぐっと増えたみたいで。俺の知り合いにも見えるようになったモンが何人かおます」

「ふうん。団栗焼け、かあ」

団栗焼けとは他に「都焼け」、「天明の大火」とも呼ばれる、今から三年前に京で起こった大火災の通称である。鴨川《かもがわ》東の宮川《みやがわ》町団栗辻子にある空き家から突如として出火し、火は瞬く間に鴨川を越えて京の町々を呑みこんだ。二昼夜も燃え続けてやっと収まったものの、京の八割が焼失し、御所や二条城《にじようじよう》までもが灰燼《かいじん》に帰《き》す史上最大の惨事に、禁裏や幕府が頭を抱えたのは言うまでもない。

〽人のわざかよ魔のわざか　さては天日か月のわざ
　再びあるまい京焼けの　花の都が野になった

幼子の手まり歌になったほど、大部分が焼け野原になってしまった京。だが元より火災が多かったこの時代、人々はただ嘆き悲しむだけではない。すぐさま人材や資材が洛外より集められ、京の町々は驚くべき早さで復興を遂げたのだった。

「ねえねえ飛雷さん、見てくださいよこのお姫様《ひいさま》。きれえなお顔だと思いません？」

早々と夕餉を終えたお恋が、壁にかけられた人形の頭部を勝手に取り外し、黒蛇に向かって見せていた。きっと瑠璃たちの話には興をそそられないのだろう。

と、閑馬の顔がいたずら小僧のようなものになった。

「お恋、その首の後ろにある紐、ちょいと引いてみ？」

「紐？　ああこれですね。えいっ」

言われたとおり紐を引いた瞬間、

「イギャアアアアッ」

狸の絶叫が家中に響き渡った。人形の頭部が愛らしい姫君の顔から、目を見開き角と牙を生やした、見るに恐ろしげな鬼女の顔へと早変わりしたのだ。

この人形は浄瑠璃に用いられるもので、頭部は「かしら」といい、特に鬼女へと変わる仕掛けがあるものを「ガブ」という。

閑馬は仰向けに倒れたお恋からガブを取り上げた。人形師として生計《たつき》を立てる彼は、多彩な作品を作ると界隈《かいわい》で評判を得ていた。雛《ひな》人形や浮世人形だけに留まらず、請《こ》われれば浄瑠璃人形もしばしば手掛ける。

「これな、実はもう蔵にしまうつもりなんどす。俺の自信作やねんけど、鬼女の顔が怖すぎるゆうて苦情が入ってしもたんや」

「……だろうな。浄瑠璃には小さい子だって来るんだし。現に見てみろよ、ほら」

瑠璃は呆れ顔でお恋を指差す。畳の上で、狸は泡を吹いて気絶していた。好奇心旺盛な付喪神はそのぶん小心者なのだ。

閑馬が大慌てで揺さぶるも、お恋は白目を剝《む》いたままだ。

「うう、こら悪いことしてもうた。起きたら謝らんと……」

「お恋も何度か鬼を見たことがあるからな、きっと先生のガブを見て思い出しちまったんだろうよ。まったく騒がしい奴なんだから」

にしんなすを箸でほぐしながら、つと、瑠璃は視線を感じて横を見やる。

閑馬が眉を下げ、不安そうな目でこちらを見つめていた。

「なあ瑠璃さん。前にも聞いたけど、鬼退治なんて危険なことして、ホンマに大丈夫なんどすか？」

閑馬は瑠璃が鬼退治をするのを知っている。なおかつ悪目立ちをしたくないという意向を酌《く》んで、他人には口外せずにいてくれた。

「瑠璃さんみたァな細っこい女子《おなご》が、縁もゆかりもない地で鬼と戦うなんて、俺はどうにも」

心配で、と声を落とす。お恋のような人畜無害な妖はともかく、閑馬には以前から、鬼をひどく恐れている節があった。

「……閑馬先生も知ってるだろう。わっちには普通の人間にゃない力がある。だから鬼が現れる限り、わっちは鬼の魂を救いたいんだ」

瑠璃は箸を置き、ふわりと目尻を和らげた。

「心配してくれてありがとう、閑馬先生。先生には命を救ってもらうわ今日まで飯を食わせてもらうわ、おまけに身の心配までしてもらって、どう恩返ししていいかわからないよ」

「やや、気にせんといてください。瑠璃さんには家事も仕事も手伝ってもろうとるし、お返しならそれで十分どっせ」

閑馬はこう言うが、家事は実質、瑠璃と閑馬の分担制だ。閑馬は炊事担当で──瑠璃の料理の腕前があまりに悲惨だったため、閑馬が代わってくれたのだ──瑠璃が担当しているのは洗濯と掃除。洗濯も先ほどの有り様だから、お世辞にも「十分」とは言いがたい。仕事の手伝いに関しても然《しか》り、後片づけや道具の整理整頓が主であるため、大いに役に立てているかと言えば疑問が残る。

それもそのはず、花魁になる前は引きこもりがちだった上に育ての父から甘やかされ、花魁になってからは自分で何かしようとしても、周囲が気をまわして先に片づけてしまっていたのだ。ゆえに金の使い方にしても家事の段取りにしても、ろくに学ぶ機会がなかったのである。

──もし昔に戻れたら、過去のわっちを殴り飛ばして〝今から世間のことを学んどけ〟って言えるのにな……。

他ならぬ瑠璃も、一応は努力しているものの、己に生活力というものがからきし欠けていることを痛感していた。

「そうだ閑馬先生。納品前の人形、けっこう溜まってきたみたいだけど、いったん蔵に持っていくんだろ？　西本願寺《にしほんがんじ》そばの油小路《あぶらのこうじ》だっけ、わっちが行こうか」

「いやええですよ。近々その辺りに用事があるんで、俺が自分で行きますわ」

あっさり断られてしまった瑠璃は、「そうか」と小さく言って口をすぼめた。

金のない自分どころか狸と蛇まで家に置いてくれる閑馬の厚意には感謝しかない。だがそればかりでは自分の立つ瀬がないというものだ。何より、良心が痛む。

「……あんなァ瑠璃さん。本音を言うと俺は瑠璃さんの鬼退治を、心配なんと同じくらい、応援したいんです。鬼は恐ろしい存在や。恐ろしくて、哀しい。そんな鬼の魂を救おうやなんて奇特なことを考える人間は、そうそうおまへん」

そこまで一気に言うと、閑馬は畳の上に座りなおして瑠璃に体を向けた。

「だからっちゅうワケやあらへんけど、俺には気遣いなんてせんといてください。瑠璃さんには鬼退治から帰ってくる場所が必要でしょ。俺はただそれを提供しとるだけ。何ならずっとここにいてくれはっても、ええんですよ」

真剣な眼差しを受けた瑠璃はうろたえた。

——こ、この雰囲気は、まずいな。

ひょっとすると閑馬は、自分に好意を抱いているのかもしれない。彼の家に居候するようになってから、瑠璃はいつしかそう感じるようになった。鈍感と言われがちな彼女でもさすがに察することができるほど、閑馬の目は時々こうして熱を帯びたものになるのだ。

しかしながら瑠璃は閑馬の想いに応えられない。決して忘れることのできぬ想い人がいるからだ──閑馬に対して罪悪感を覚えるのは、この点が最も大きかった。

日がすっかり落ちた頃。

閑馬は家先にある犬矢来《いぬやらい》の横に、竹の床几《しょうぎ》を設置していた。

「瑠璃さん、ちっと外で涼みませんか。ええ風が吹いてますよ」

「お、いいね。これを済ませたらすぐ行くよ」

昼間に汗のついた単衣をすすいでいた瑠璃は、干した衣を皺にならぬようパン、と叩いた。

程なくして外に出てみれば、閑馬の言ったとおり心地よい風が頬を撫でた。京は綺麗な盆地になっており、夏の昼間はめっぽう暑いが、日が沈むと山からの冷気が流れてくるのだ。こうして玄関先でゆったり涼む時間を、瑠璃は特に気に入っていた。

「おい瑠璃。あの雀、どうしても食うてはいかんのか」

と、玄関先で蚊遣火の準備をする瑠璃を、飛雷が呼び止めた。

「駄目っ。怪我が治ったら空へ帰すんだ。もし食べたらお前の好きないづうの鯖《さば》寿司、もう買ってやらないからな。めっだぞ、めっ」

「なぁにがめっ、じゃ。鯖寿司とてどうせ閑馬に買ってもらっとるくせに……」

文句を垂れつつ飛雷は家の奥へと引っこんでいった。龍神であるがゆえ空腹は感じないはずなのだが、蛇に変化できるようになってからというもの、どうも食に目覚めたらしい。

甚太から預かった雀は竹の鳥籠に入れておいたが、飛雷が妙な気を起こさぬよう注視せねばなるまい。そう考えながら、瑠璃は閑馬の隣に腰を下ろす。

足元に置いた蚊遣火の煙が、涼風に細くたなびいた。

「雀に雪花菜をあげてみたら少し食べたよ。案外すぐに元気になるかもな」

団扇《うちわ》を手渡しながら言えば、閑馬は破顔した。

「ほなよかったわ。そういえば瑠璃さん、昨晩は六道《ろくどう》さんに行かはったんやろ？　何か収穫はありましたかいな」

「……いや……」

寸の間、瑠璃は星が瞬く夜空を物憂げに見上げた。

瑠璃がはるばる京まで来たのには重要な目的があった。「生き鬼」の救済である。

生き鬼——その名が示すとおり、生きながらにして鬼になった者のことだ。地獄と契約を交わした生き鬼は通常の鬼を遥かに上回る呪力を得られるが、その魂は、いずれ契約にのっとり地獄に囚われる定めにある。

江戸にいた頃、瑠璃が傀儡《くぐつ》として使役《しえき》していた朱崎《あけざき》。吉原で「四君子《しくんし》」と呼ばれていた雛鶴《ひなづる》、花扇《はなおうぎ》、花紫《はなむらさき》。いずれも生き鬼となり、魂を地獄に幽閉されてしまった遊女たちだ。彼女らの魂を地獄から救い出す手立てを、瑠璃はここ京に求めてきたのだった。

京には冥土《めいど》に繋がっていると伝わる場所がある。それが洛東《らくとう》、葬送地である鳥辺山《とりべやま》の入り口に位置する、六道珍皇寺《ちんのうじ》だ。伝説によれば平安時代、小野篁《おののたかむら》という官吏が寺内にある「冥土通いの井戸」を使って夜ごと地獄に赴《おもむ》き、閻魔《えんま》大王の補佐を務めていたそうだ。

もちろん、この話を鵜《う》呑《の》みにしていたわけではない。されど瑠璃は伝説であろうが伽話《とぎばなし》であろうが、微かでも希望があるならばそれにすがらずにはいられなかった。

結果は、やはりと言うべきか、残念なものに終わっていたが。

「昨日も井戸のまわりを隈なく調べてみたけど、駄目だった。夜中なら何か起こるかもって期待したんだけどね。伝説はあくまでも伝説、ってことなのかも」

「そうですか……」

「ま、駄目なら他の手段を探すまでさ。京にはまだまだ興味深い逸話がたくさんあることだし、〝あの世〟と〝この世〟の境が点在してるっていうじゃないか。だから、諦めるつもりはないよ」

気丈に口角を上げてみせたものの、瑠璃は自分がいたく気落ちしていることに気がついた。

溽暑《じょくしょ》に冷気をまぜた生温い風が、二人の沈黙をさらっていく。

しばらく無言でいた閑馬がいきなり、

「せやっ」

と声を弾ませたので瑠璃は驚いた。

「瑠璃さん、もうすぐ皐月の晦日《みそか》ですよ」

「……それがどうかしたのか？」

「いややな、皐月の晦日といえば祇園会《ぎおんえ》の神輿洗《みこしあら》いやないですかっ。京に来たからには祭を堪能せな。ね、一緒に行きまひょ」

少年のごとく目を煌《きら》めかせる閑馬とは反対に、瑠璃は渋い表情を作った。理由は単純明快、金がないからだ。吉原で稼いだ残りの金は、江戸の慈鏡寺《じきょうじ》という寺の住職に預けてある。よって頼めば送ってもらうことができるのだが、

――あれだけの金を持っていったのにもうなくなっちまったってバレたら、絶対に叱られる……。

眉目秀麗な面立ちの住職に説教されるのが嫌で、頼むのをためらっているのだ。閑馬以外に借金の当てが皆無というわけではないので、せめてあと数ヵ月は黙っておきたい。

詰まるところ瑠璃には自由に使える金がまったくと言っていいほどなく、遊びに出かけるなど夢のまた夢なのであった。

「ごめん先生。せっかくだけど、わっちは遠慮させてもらうよ」

「あ、もしかして金のことどすか？　俺が奢りますさかい、瑠璃さんは手ぶらで行けばええですよ」

あっさりと胸の内を言い当てられ、瑠璃は雷に打たれたかのごとく愕然《がくぜん》とした。

「し、閑馬先生……」

「出店に売っとるのなんてそない高いモンやあらへんし、それに俺かて毎日こもりっ

きりで仕事しとるさけ、たまにはパアッと出かけたいんです。だって今年は雛人形も皐月人形も注文がようさん入って、嵐山の花見にも、賀茂祭《かものまつり》にすら行けへんかったんやから」

これで祇園会にも参加できなければ、「京びと」として失格ではないか。そうあっけらかんと述べる背から神々しい後光が差している気がして、瑠璃は我知らず左手で閑馬を拝んだ。

「閑馬先生、あんたって神さまだったんだな……？」

「んな大げさな」

大口を開けてカラカラ笑う閑馬。「なむなむ」とつぶやきながら拝んでみせる瑠璃。心地よい風に吹かれて語らう二人はこの時、ただ平穏のみを心に感じていた。

天空に輝く星々が、いつの間にか垂れこめた暗雲に、覆い隠されようとしているのにも気づかず――。

三

祇園御霊会《ぎおんごりょうえ》。

病魔を退散させるべく行われるこの行事は、京の人々が血道を上げる、絢爛豪華《けんらんごうか》な祇園社の祭礼である。京びとは祇園会のために一年を過ごすと言っても過言ではあるまい。目玉である山鉾《やまほこ》巡行の神幸祭《しんこうさい》、花傘《はながさ》巡行の還幸祭《かんこうさい》に限らず、およそひと月にわたり行われる祇園会の間は、京全体が祭一色となる。その一環が神輿洗いだ。神幸祭と還幸祭の前後、町々を往還する神輿を代表して、素戔嗚尊《すさのおのみこと》を祀《まつ》る中御座《なかござ》が鴨川の水で清められる。この神事を神輿洗いという。神事と並行して祇園社の境内では様々な屋台が出店し、趣向を凝らした出し物が催されるのだが――では果たして人々の関心は、神事と催し物、主にどちらの方にあるだろうか――。

「うつわああ。すうごい人ですねえっ」

「お恋、あんまり動くなよ。あと声も小さめにな」

己の背中ではしゃぐ狸に向かい、瑠璃はひそひそと釘を刺す。片やお恋は瑠璃の声が耳に入らないのか、忙しなく四方に目をまわしていた。

夜の祇園社はすでに大盛況であった。

南の石鳥居から色とりどりの仮装をした行列が続々とやってきては、昔話の一場面を披露しつつ、境内の奥へと練り歩いていく。移動式の演奏屋台の下ではお囃子《はやし》連中が盛んに音曲を奏で、辺りにいっそうの熱気を加える。境内にひしめきあう人、人、人。誰しもが熱に浮かされたかのごとく、祭の風情に浸っていた。

「見て、お猿さんっ。あんなところにお猿さんがいますよ……って何ですかあれ、熊さんっ？　瑠璃さん見て見てぇ、人が熊さんの被り物してますよおうッ」

人語を解する狸を他人に気づかれたら、騒ぎになるのは火を見るよりも明らかだ。できれば家で留守番をしていてほしかったのだが、はしゃぎたがりの妖が祭と聞いて「一緒に行く」と言わないはずがない。瑠璃は仕方なくお恋の体を風呂敷でくるみ、背におぶって来たのだった。

が、信楽焼らしく黙っていろという方が、お恋にとっては無理な注文なのかもしれない。猿回しの芸や仮装行列の出し物、数々の出店から漂ってくる食べ物の匂い――賑々《にぎにぎ》しい祭の有り様を見渡しつつ、狸は両の瞳をらんらんと輝かせ、鼻息を荒くしていた。

「なァ瑠璃さん、少しだけ降ろしてあげてもええんちゃいます?」

お恋の興奮っぷりに若干身を引きながら、閑馬が提案する。

「こんだけようさん動物やらおかしな仮装しとる人やらおるんやし、狸がまじっとってもきっと気にされませんよ」

「うん、わっちもそう思い始めてたんだけど……どっちにしろ、もうしばらくわっちが背負うことになりそうだ」

妙な言い方をする瑠璃に、どういう意味か、と閑馬が首を傾げた時。

「ヒョオオオオ、お、お祭、お祭って、楽しすぎるううっ」

カッと目を見開いて叫んだかと思いきや、お恋の体がばいん、と奇妙な音を立てて瀬戸物に変わった。

それきり狸は何も言わず、動く気配すらない。

「え、お恋? どないしたんお恋っ」

「ああ閑馬先生にはちゃんと説明してなかったか。お恋はね、緊張しすぎたり興奮しすぎたりするとこうやって時々、瀬戸物の体に変化しちまうのさ」

「なんちゅう難儀な子ォや……」

沈黙してしまった信楽焼を背負ったまま、瑠璃と閑馬は境内を見てまわる。瑠璃の腰帯として擬態する飛雷もうっすら鼻歌まじりで、心なしか祭の雰囲気を楽しんでいる風だった。

「いようお兄さん、男前やねえっ」

と、横から声をかけてきたのは、笠を被った番付売りの男だ。

「一つどうや、お気に入りの妓《こ》はおるかいな？」

男は手に持つ番付を閑馬に向かって次々に見せる。そこには島原の遊女をはじめ、祇園、上七軒《かみしちけん》、先斗町《ぽんとちょう》などに籍を置く芸妓や茶立女《ちゃたておんな》たちが艶《あで》やかに描かれていた。

「どれも皆、今日の行列に参加する妓たちどっせ。せっかくやさけ買《こ》うていき。男ならお気に入りの一人や二人おるやろ？　ちなみに俺のおすすめはやっぱり島原一の太夫、は――」

まくし立てていた男の語気が急速に弱まっていく。閑馬の隣に瑠璃が立っているのに気づいたのだ。

「おっと、堪忍え旦那。奥方はんとご一緒どしたか。ほなさいなァら」

「や、違……」

否定する間もなく、番付売りの男はぴゅうと走り去ってしまった。残された閑馬はばつの悪そうな顔で瑠璃を振り返る。

「俺はその、ああいう番付は欲しいて思いませんからね」

「いや、いいんじゃないか？　欲しけりゃ買っても」

「……けど昔を思い出して、気を悪くしはったんじゃ」

瑠璃が吉原で花魁を務めていたことも、閑馬はすでに承知している。瑠璃が自ら明かしたのではない。お恋が、「伏せておくように」と瑠璃から言われていたのを失念してうっかり閑馬に話してしまったのだ。伏見宿で野垂れ死にかけていた女子が、元は「天下の花魁」と謳《うた》われていたのを知った彼の仰天っぷりは言うまでもない――とはいえ、自身を未だ「わっち」と言い、浮世離れした美貌を持つ瑠璃と接する中で、堅気の女ではなかろうと最初から推していたらしかったが。

「ほら先生、せっかくの祭なんだからそんな顔してないで。あっちの出し物を見に行こう？　すごい人だかりができてるよ」

閑馬の肩をバシッと叩き、瑠璃は賑やかな声のする方へ歩きだした。

祭の境内巡りは何とも愉快なものであった。「浦島太郎」の行列に、「山姥《やまんば》と金太郎」の行列。邪気払いの桃を持った、「西王母と侍女」の行列。昔話を表現した行列はどれも華やかで、心を浮き立たせるものばかりだ。

「はあぁ、こういうのもたまには悪くないね。色んな出し物があってちっとも見飽きない。あと食べ物がどれも美味ぃ」

ざっと境内をまわり終えた瑠璃たちは、ひと心地つこうと人気《ひとけ》の少ない境内の隅に腰を下ろした。名物である祇園の焼餅――薄皮の餅で粒あんを太鼓の形に包み、両面をこんがり焼いた菓子――を手に、満足げな吐息を漏らす。

「それに何だか、少しだけ懐かしい気がしてくるよ」

「江戸の祭もこんな感じなんどふか?」

同じく名物の田楽豆腐を頬張りながら閑馬が尋ねる。

「うーん、実はわっち、祭ってモンに来るのはほとんど今日が初めてなんだ。けど一度だけ知り合いに連れられて、両国《りょうごく》の花火を見に行ったことがあってね」

そう言って、瑠璃は過去へと思いを馳《は》せた。


今から十二年前、瑠璃がまだ十四だった時のこと。

この頃の瑠璃は生まれ持った「ミズナ」という名で、江戸は木挽町《こびきちょう》にある芝居小屋「椿座《つばきざ》」に暮らしていた。

「なあ忠《ちゅう》さん、やっぱり帰ろう。こんだけ人がいると落ち着かないったらないよ」

「何を言うとるんや。江戸っ子のくせに花火を見たことがないて言うから、こうして連れてきたったのに」

浮かない顔をするミズナに、忠以《ただざね》は呆れた調子で言い返した。

播磨《はりま》姫路《ひめじ》藩《はん》の藩主、酒井《さかい》忠以は、何かと理由をつけては贔屓《ひいき》にしていた椿座を訪れ、引きこもりがちのミズナの話し相手になってくれていた。ある夏の日、ミズナが両国で打ち上げられる花火を一度も見たことがないと知り、それならばと半ば引きずるような格好で連れ出してきたのだ。

「連れてってほしいとは言ってないよっ。ちょいと気になるって言っただけで……それに自分も江戸っ子みたいな言い方して、あんたは播磨生まれだろ」

ミズナはぶうと口を尖らせた。本音では花火を見られることが嬉しくないわけではないが、何せ人混みが大の苦手なのだ。

大名への礼儀を欠いた物言いに、忠以が目くじらを立てる様子はない。この男は常に飄逸《ひょういつ》として庶民さながらの風流を嗜《たしな》み、季節を愛でることを好んでいた。こざっぱりとした麻の浴衣《ゆかた》をまとう姿は、誰が見ても殿様とは思わないだろう。

「やかましやっちゃな、ええから来いて。はぐれんようにな、ほい」

言うなり忠以はがっしとミズナの手をつかみ、大股で両国橋を進み始めた。

「お、おい忠さんっ」

強引な忠以にミズナはたじろいだ。引っ張られるがまま歩きながら、ふと手元を見やる。

忠以の手は温かかった。やや細めではあるが血管の浮いた男の手だ。その手が己の手を握っているのだと意識するや、ミズナの顔はたちどころに火照っていった。

――うう……忠さんにこんな顔、見られたくないのに……。

とその時、ドドン――と腑《ふ》に響く音が一帯に轟《とどろ》いた。

「かーぎやーっ」

人々が一斉に掛け声を上げる。

見上げれば、大輪の花火が夜空に咲きあふれていた。二重、三重に赤の同心円を描いたのも束の間、美しい残像はゆっくりと掻《か》き消えていく。ミズナの口から自然とつぶやきが漏れた。

「綺麗だな……」

「せやろ？　ほら、こっち来い。欄干につかまっとき」

押しあいへしあいする人混みを掻き分けると、忠以はぐいとミズナを欄干に押しやり、人の波から守るようにして後ろに陣取った。欄干につかまるミズナの両手の横には、忠以の手がある。

背中にほのかな熱を感じながら、ミズナは黙って上空を眺めた。

花火は立て続けに打ち上げられ、紺碧《こんぺき》の空に鮮やかな彩りを添える。次々咲いてはあっという間に散り、そして風に流されていく。

唐突に、訳もなく涙がこぼれそうになって、急いで目元をごしごし拭《ぬぐ》った。

「ん？　ミズナ、どないした」

何でもない、と食い気味に返す。どうして涙が出てくるのだろう。美しい花火に感動しているのか、それとも――。

自問するまでもなく、ミズナは心の奥底で理由がわかっていた。

この儚く美しい花火を、忠以と一緒に見ていることが幸せでたまらないのだ。が、それだけではない。一介の民に過ぎぬ自分と十五万石もの藩の大名たる忠以が、いつまでも一緒にいられないということを、誰よりもミズナ自身が深く心得ていた。

忠以はミズナが生まれて初めて恋をした男だった。ともに様々な話を語りあい、同じ時を過ごすうち、ミズナは彼に心惹かれていくのを止められなくなった。会えない時はどうしているだろう、次はいつ会えるだろうと考えずにはいられない。

──本当はきっと、最初に会った時から好きだったんだ。

忠以の声が、姿が。彼の紡ぐ言葉が、身にまとう空気が。彼のすべてが、どうしようもなく──だからこそ考えてしまう。世の中に身分の差などなければ、と。

忠以との間にある隔たりが身分だけではないことを、この時のミズナは知る由もなかった。

「……色は匂へど、散りぬるを……か」

「何だ？　いろは歌なんか口ずさんだりして」

突拍子もなく手習い歌の一節をつぶやいた忠以に、ミズナは小さく笑った。

「いやァたかがいろは歌、されどいろは歌やで。なかなかどうして、世の真理やなと思って」

〽色は匂へど　散りぬるを

我が世誰《たれ》ぞ　常ならむ……

美しき花もやがては散ってしまうように、生あるものはいつか必ず終わりを迎える──忠以の心もまた、ミズナと似たような感傷を覚えたのかもしれなかった。

「また、見られるかな、花火」

小声で言ったつもりだったが、忠以の耳にも届いていたらしい。忠以は愉快そうに笑った。

「アホか、今まさに見とるやないかい……でも、せやな。お前がそう言うなら、来年もまた一緒に見ような」

来年も、そのまた来年も、二人で。

「……うん」

それが本当になったなら、どれだけ幸福だろう。忠以の言葉を嚙みしめるように胸に刻むと、ミズナは潤んだ瞳で散っていく花火を眺めた。


「でもその約束は、結局果たされなかったんだ。その翌年にわっちが吉原に売られちまったから。それにその人も、今じゃお天道《てんと》さまの上だしな」

思い出話をかいつまんで語ると、瑠璃はひっそりと嘆息した。

忠以は瑠璃の初恋の相手。そして後に黒雲頭領となってからは、敵にもなった。彼は鳩飼いの計画を手引きし、幕府の転覆を謀《はか》っていたのだ。つまりは帝の側についたのである。

忠以が倒幕を望んだのは世のためだった。大義を思えば多少の犠牲は致し方ないだろうと。いくら世のためといえどもこの考え方は黒雲と真逆であり、瑠璃は激しく反発した。声を荒らげて非難もした。それでも忠以を想う気持ちは、己の本心は、最後まで変えることができなかった。

もし瑠璃が吉原に売られなければ。否、もし禁裏と幕府の対立など起こらなければ、二人は同じ未来を歩むことができたかもしれない。されど現実はことごとく二人を引き裂いたのだった。

酒井忠以はすでにこの世にいない。元より病弱だったかの人は、昨年の文月《ふみづき》に三十五という若さで他界してしまった。瑠璃は今なお彼の死を――愛してやまなかった忠以の死を、心のどこかで受け止めきれずにいた。

瑠璃にとって忠以は唯一無二の存在。たとえ敵対した仲であっても、もう二度と会うことができなくとも。昔から今に至るまで、彼以外の男を愛したことはない。

「……前に瑠璃さん、言うてましたよね」

と、閑馬がためらいがちに口を開いた。

「俺が死んだ知り合いに少し似とるて……瑠璃さんの、好い人やったんですね」

うん、と瑠璃はわずかに首肯した。閑馬の垂れがちの奥二重や頼りなさそうな背格好は、しかと見れば別人とはっきりわかるものの、どことなく忠以を彷彿《ほうふつ》とさせるのであった。

瑠璃はすっくと立ち上がった。

「あーあ、こんな思い出話をしてしんみりしちまうなんて、もうわっちも歳なのかな。あ、歳と言えばさ閑馬先生、お恋って実はいくつか知って――」

「瑠璃さん」

話題を変えようとした瑠璃の左手を、同じく立ち上がった閑馬がつかんだ。

「な、何？」

昔から冷え性の気があるらしく、閑馬の手はひんやりしていた。だが反対に、目には熱がこめられている。

「あなたが誰かのことを想ってはるんは、前からうすうす気づいとりました。せやけど、あくまでも、過去の話ですよね」

閑馬は瑠璃の瞳をのぞきこむように見て、ぐっと体を近づけてきた。頬がほんのり紅潮している。

いつになく大胆な態度に瑠璃は内心で焦った。今までこんなことは一度も起きなかったのだ。ひょっとすると閑馬は祭の熱気に影響されて、気が大きくなっているのかもしれない。

「ちょ、ちょいと、閑馬先生」

——どうしよう……。

「こら馬鹿者、苦しいぞっ。我がおるのを忘れるでないわっ」

今の今まで黙していた瑠璃の腰帯、もとい飛雷が、急に癇癪玉《かんしゃくだま》を破裂させた。閑馬はぱっと手を離す。瑠璃の体に密着したせいで、正面に鎌首を据えていた黒蛇を圧迫しかけていたのだ。

「ああっ。すまん飛雷、何ともないか？」

「何ともあるわ。股間を押しつけられる我の身にもなってみろ、次やったら嚙み潰してくれるぞ……とそんなことより瑠璃、何か妙じゃぞ」

嚙み潰される想像をしてしまったのか、閑馬の顔は見る見る青くなっていった。一方で閑馬にはまこと申し訳ないが、絶妙な時に声を上げてくれた飛雷に、瑠璃は胸の内で感謝した。

「妙って何が？　感触が？」

「たわけッ。気配じゃ。誰かに見られておる」

瑠璃は素早く辺りを見まわしてみた。人の少ない境内の隅に、こちらを見ている者など誰もいない。しかし、

「……あっ」

境内のまわりに広がる木立へ視線をやった時、ひょこひょこ、と動く影があった。

「あの時の妖狐だ」

「妖狐？　妖さんですねっ？」

と、瑠璃の背中で沈黙し続けていたお恋が、再びばいん、と音を立てて毛のある狸の姿に戻った。

瑠璃は木々へと目を凝らす。灯りがないためはっきりとは見えないが、どうやら妖狐は別の木陰に移動して、こちらの様子をうかがっているようだ。

瑠璃は向こうに聞こえぬよう声量を落としつつ、妖狐と出会った時のことを閑馬とお恋に話した。

「ええっ。瑠璃さん、何でもっと話を聞いてあげなかったんですかっ？」

「う、そりゃそうしたいのも山々だったけどあの時は無理だったんだよ。なあ閑馬先生、一つお願いしたいんだけど、人形に使う木で狐の足を作ってやれないかな？」

すると閑馬はしばし腕を組んで思案してから、

「なるほど、木の足か……」

やがて大きく頷いた。

「うまくできるかはわからへんけど、やってみます。三本足じゃ歩きにくうて大変でしょうしね。任してくださいよ」

快く請けあってくれた閑馬に、瑠璃もほっとした顔で頷き返す。

途端、大きな歓声の波が境内の中央から届いた。

「きっと行列の目玉ですわ。今年は島原で大人気の太夫が参加するゆうて、春頃から話題になってたんですよ」

「へええ、何だか楽しそうっ。瑠璃さん、おんぶじゃなくて抱っこに変えてくださいよう」

はいはい、と瑠璃は胸元で縛っていた風呂敷の端をほどき、お恋を左腕で抱きかかえた。

「あの妖狐に話しかけるのは、祭が終わってからにしよう。人を怖がってる感じだったし、下手するとまた逃げられちまうからな」

境内の中央に向かって歩き始めると、後ろから妖狐も木や社の陰、時には屋根に飛び乗ってついてきた。出会った時は話もろくにできぬほどおびえていたものの、どうやら恐れ以外にも瑠璃に感じるものがあったようだ。

——よしよし、ちゃんといるな。あの調子ならもう逃げることはないだろう。

妖から懐かれる経験をこれまで何度もしてきた瑠璃は、気づかぬふりをしてひとまず、妖狐の好きなようにさせることにした。

境内の中心、本殿の前は、行列をできるだけ近くで見ようと揉みあう人々で鈴なりになっていた。先ほどにも増して騒がしく暑苦しい人の波に、瑠璃たちもいつの間にやら呑みこまれる。

「ううむ。先の気配、あの妖狐のものとは違った気がしたんじゃが……」

「飛雷、何か言ったか？　うるさくてよく聞こえないよ」

「おっ来ましたよ瑠璃さん、お恋。見えますか？」

閑馬が嬉々として声を張り上げ、右向こうを指差す。

カラコロ――。

高下駄を転がす軽やかな音。目にも綾《あや》な遊女たちの行列が、舞殿を曲がり本殿前にやってきた。それと同時に人々は男も女も関係なく盛んに嬌声を上げる。

「おお、ありゃ桔梗《ききよう》屋の文車《ふぐるま》に賤機《しずはた》太夫やないか」

「ご覧よ吉野《よしの》さんの仕掛……何て綺麗なんやろか」

「来たでっ。今年の目玉中の目玉や」

本殿前にいた人々は一様に視線を巡らせる。待ちかねた主役の登場に、境内は喝采《かっさい》で沸いた。

「白浪楼《しらなみろう》、蓮音《はすね》太夫っ」

浴びせられる賞賛に応えるかのように、蓮音と呼ばれた遊女は楚々《そそ》とした微笑を口元にたたえた。

涼しげな一重まぶた。ふっくらとした柔《やわ》な唇に光る、真っ赤な紅。左の目元にちょんと入った泣《な》き黒子《ぼくろ》が、得も言われぬ色気を醸し出している。

彼女が身にまとう衣裳もまた、誰もが見惚れるほどの美しさであった。純白の布地で仕立てられた吉祥《きっしょう》文様の仕掛には、真紅の柘榴《ざくろ》が豊かに種をあふれさせ、金の鳳凰《ほうおう》が飛翔している。清楚で控えめな撫子《なでしこ》の帯は「心」の字を表す島原結びだ。黒髪は立兵庫に結われ、平行に差された煌びやかな簪のほか、飾り布である鹿《か》の子《こ》の手絡《てがら》が髷《まげ》に巻きつけられているのが見てとれる。

「あの立ち居振る舞いを見てみぃ。島原一って称されとるんは、やっぱり伊達《だて》やないなあ」

太夫は腰をわずかに落とし、白い素足で三枚歯の高下駄を内向きに転がす。足を前に踏み出しては戻すのを繰り返しながら、少しずつ、少しずつ歩を進める。左右対称に差されたえりずりの飾り簪がシャラン、と動くたびに揺れ動いて光を反射する。

――あれが京の内八文字か。

吐息をこぼす人々に紛れ、瑠璃も蓮音の姿に見入った。四方から注がれる熱い視線を一身に受けつつ、太夫はしなやかに足を進めていく。伏せ気味にした目、艶然とした口元、全身から漂う堂々たる品格が、人々をもれなく圧倒する。

不意に、太夫はつっと視線を滑らせた。太夫の瞳と瑠璃の瞳が空中で交差する。だがそれはほんの一瞬のこと、太夫は再び前を向き、観衆に惜しげもなく色香を振りまいていた。

――わっちもああして、吉原で外八文字を踏んでたんだな……まさか道中を見る側にまわる日が来るなんて、何だか変な気分だよ。

感慨深い思いで太夫の歩みを眺めていた瑠璃は、ふと、足元が奇妙に震動しているのに気がついた。

「どうしたんですか、瑠璃さん？」

腕の中のお恋が不思議そうに顔を上げる。

「……地鳴り……？」

次の瞬間、祇園社の東にある裏山から、そら恐ろしいうなり声が轟いた。地底から聞こえるかのごとく重いひび割れた声が、大地を、空気を、そして人々の臓腑《ぞうふ》をも揺るがす。

境内の雰囲気がいっぺんに変わった。

「まさか、将軍塚が……」

見れば行列の遊女たちも観衆も一人残らず真っ青な顔になり、時が止まったかのように立ちすくんでいる。

「閑馬先生、皆どうしちまったんだ？　あのうなり声みたいのは？」

同じく蒼白になっている閑馬に問うと、何を思ったか、閑馬は震える手で瑠璃の背中を押した。

「瑠璃さん、あかん、早《は》よこっから離れんと」

「離れるって、何で」

境内にいる人々もまた、にわかにざわつき始めていた。

「あの裏山にはいわくつきの塚があって、うなり声と一緒に大地が鳴動する時、京に凶事が起きるて言い伝えがあるんや」

早口に言うと閑馬は瑠璃の背をさらに押し、とにかく境内から出ようと急かした。

その刹那《せつな》——、
ドンッ。

地を突き上げるような衝撃が起こり、微弱だった震動が急激に強まった。裏山から聞こえてくるうなり声も次第に大きくなっていく。立っていられぬほどの揺れに、人々はたまらず倒れこむ。

「痛っ」

横にいた男にぶつかられた瑠璃は体勢を崩し、視線が上向きになった。

そして、我が目を疑った。

異様な輪郭《りんかく》をした物体が、漆黒の夜空から落ちてくるのだ。それは瞬く間に地上へと迫り、激しい轟音とともに本殿の屋根に降り立った。

瑠璃の全身に戦慄が走った。

「何だよ、あれ……」

檜皮葺《ひわだぶき》の屋根を崩しながら本殿にへばりついているのは、およそこの世のものとは思えぬ「異形」であった。

胸から上だけが大女の裸身。額からは太い角が突き出ている。乳房の下に接合しているのは、巨大な蜥蜴《とかげ》の胴体だった。ぬめりけのある波模様の皮膚が、月光を受けて蠢《うごめ》いている。

——鬼……？　いや妖か……？

大女の口からチロ、と赤い舌がのぞく。蜥蜴の舌だ。たっぷりの間を置いて、闇を孕《はら》んだ空洞の目が下に向けられる。異形の視線は、地上で凍りつく人々へと注がれていた。

「ば、バケモン――」

境内は一瞬で阿鼻叫喚《あびきようかん》に包まれた。

「いやあああっ」

「どけ、道を開けろっ」

所々から上がる悲鳴が、群衆の心を急き立てる。

「早よ逃げな、早よ……」

混乱に陥《おちい》った人々は血走った目をして我先に逃げようとする。てんでばらばらの方角に体を向け、道をふさぐ者を誰かれ構わず突き飛ばす。誰もが冷静さを失っているのだ。

彼らを誘導せねば――瑠璃が息を吸いこむより早く、

「静まりよし」

凜とした声が境内に響いた。人々が一斉に視線をやる。声を上げたのは蓮音太夫であった。

「騒ぐばかりでは無用な死者を出すだけや。押しあいをせんと、落ち着いて私《あて》に続くんよ。子どもや老人に手を貸して、さあ」

芯の通った声色に、混沌が凪《な》いだ。群衆は打って変わって正気を取り戻し、互いに支えあうようにして太夫の誘導に従い始めた。

人の流れを察したのか、異形が太い蜥蜴の尾を振り上げる。勢いよく檜皮葺の屋根に打ちつける。四つ足を屋根に這わせ、体の向きを変えようとする。

「閑馬先生、お恋を頼む。先生も安全なところまで逃げてくれ」

「けど――」

「行くぞ飛雷」

瑠璃は閑馬の胸にお恋を押しつけると駆けだした。

飛雷の尾を左手で握る。蛇の体が刀に変じ、尾が柄《つか》になった。

異形が舞殿の屋根へと飛び移り、南楼門から出ようとする群衆に向かって飛びかかる。女の爪が人々の背に振りかざされる。

「やめろっ」

そこに追いついた瑠璃が刀を一閃《いっせん》させる。異形の爪を受け止める。足を踏みしめ、巨軀《きょく》を弾き返そうとする。が、異形の体はあまりに重く、微動だにしない。

異形は身を翻した。柱を伝い、舞殿の瓦屋根によじのぼっていく。南楼門の屋根に飛び移ってまたしても群衆を襲わんとしているのだ。そう察した瑠璃は飛雷に呼びかけた。

「久しぶりに、本気を出すぞ。いいな」

「言われるまでもないわ」

瑠璃は刃を地面に突き刺す。すると刀身がぐんと伸びて、柄を握る体が高々と宙に浮いた。刀身はそのまま湾曲し、舞殿に向かって長さを増していく。勢いのままダン、と瓦屋根に降り立つや、瑠璃は異形に向かって走る。

瑠璃の足元から青い旋風が巻き起こった。胸にある三点の印がたちどころに数を増して、白い肌をまだらに覆っていく。

屋根から屋根に飛び移ろうと身を屈める異形に走り寄り、瑠璃は長さの戻った黒刀を渾身の力で振り抜いた。

刃は異形の上半分、女の背に命中した——が、

「硬い……」

直撃した刃は、女の肌を傷つけることなく上滑りした。

「瑠璃、手を緩めるなっ。押し続けよ」

異形が両腕を振りかぶる。瑠璃は爪を辛《から》くもよける。隙を見出し、黒刀で斬りつける。さらに身をひねり、女の頭部を狙う。息つく暇も与えず首、肩、胸、と攻撃を畳みかける。

異形の動きは鈍重で、斬撃を繰り出すこと自体は容易《たやす》い。だが鎧《よろい》のごとき肌には、一つの傷もつけることができなかった。

もっと大きな隙を作らねば。瑠璃は手法を変えることにした。

異形の爪が横に大きく振り抜かれる。腰を落として回避する。立ち上がりざま、瑠璃は足を高く突き出し、女の顎に猛烈な蹴りを食らわせた。

ふら、と異形が身を傾ける。

「もらった」

瑠璃は黒刀の柄を強く握りしめた。

斜めに刃を振り抜かんとした時。異形の顔に、不気味な笑みが広がった。

次の瞬間、女の顎がガクンと外れ、口が大きく開かれたかと思いきや、異形は甲高い鬼哭《きこく》を発した。

怨念が生む衝撃の波が、異形を中心に爆風を起こす。吹き飛ばされた瑠璃は膝を折ってどうにか屋根に留まる。瓦が一枚、また一枚と、あたかも紙でできているかのようにはがれていく。何より問題なのは、衝撃波の内に吹き乱れる邪気だった。

そこに言葉はなかった。浮世への恨み言も、嘆きさえもない濃厚な邪気が、辺り一帯を絶え間なく震わせる。

荒々しく吹きすさぶ鬼哭に心を冒される感覚がして、瑠璃は思わず目をつむった。飛雷を握っているのがやっとの有り様、これでは反撃どころか、身動きを取ることすらままならない。

——いやだ。苦しいよう。

と、瑠璃は瞠目《どうもく》した。何も聞こえないと思っていた怨嗟《えんさ》の渦の、最も奥の方から、微かな声を聞いたのだ。

——苦しい、哀し、いよ……お、れは……。

「え……？」

異形は鬼哭を発しつつ蜥蜴の足を動かし、徐々に方向を変えていく。ぐ、ぐ——と一歩ずつ瓦を踏みしめる鈍い動き。瑠璃の目には、異形が何か、目に見えぬ力に抗っているかのように映った。

瞬間、異形は太い尾を振りまわした。

右から来た猛攻を、左腕しか持たぬ瑠璃は防ぐことができなかった。尾の直撃を受けた体は屋根を離れ、宙空を滑る。

瑠璃は本殿の屋根まで吹き飛ばされた。したたかに全身を打ちつけ、喉の奥から大量の血が逆流してくる。

「……っ」

青の旋風が弱まっていく。朦朧《もうろう》とする意識では上と下の区別すらつかない。視界がかすみ、天地がまわる。全身からゆるゆると力が抜けていき、瑠璃の体は、屋根の傾斜を転がった。

「立て、落ちるぞっ」

飛雷の叫ぶ声が聞こえたが、体はなおも動いてくれない。

為す術もなく、瑠璃は屋根から落下した。硬い地面が瞬く間に眼前へと迫る。

「瑠璃さんっ。しっかりするんや、瑠璃さんっ」

体を張って瑠璃を受け止めたのは閑馬だった。おそらく瑠璃を置いて逃げることができず、社の陰に身を潜めていたのだろう。

気絶した狸を脇に持った閑馬は、瑠璃を抱き起こすと背中に担いだ。

「し、づま、せ……おろし、て」

瑠璃は弱々しくなった声を振り絞る。あの異形を放置しておくわけにはいかない。

必ずここで退治せねば。自分が、やらなければ——。

だが瑠璃の訴えを、閑馬の怒声が遮った。

「ど阿呆、もっと自分の命を大切にせえっ。……こうしちゃおられへん、急いでこっから逃げますよ」

瑠璃を背負ったまま北門に向かって走りだす。階段を一つ飛ばしに駆け降りる。しかし異形の姿を目の当たりにして、平静を保っていられる人間などそうはいない。閑馬の全身はガタガタ震え、足腰にも力が入らないようだ。案の定、階段の途中で足を踏み外してしまった。

閑馬は倒れ、瑠璃の体も放り出される。

「ああ、あかん……やっぱり追ってきよった……」

辛うじて頭をもたげた瑠璃は、階段の上方に佇《たたず》む影を見た。

異形が瑠璃と閑馬に向かい、歪《ゆが》んだ笑みを浮かべていた。

一拍の間を置き、異形は階段の上から跳んだ。おぞましい姿が二人を踏み潰さんと躍りかかる。それでも瑠璃の体は、ぴくりとも動かせなかった。

——嘘だろ。こんなところで……こんな形で、お終いだなんて……。

異形の笑みが迫り来る中、瑠璃の頭を「死」の一字がよぎった。

が、その時。

前触れもなく、瑠璃たちの眼前に人影が現れた。

「つ、つかまって」

現れたのは一人の青年だった。素早い動きで瑠璃を背負い、お恋と閑馬を右腕に抱え、ひとっ飛びに階段を下りる。異形がなおも追ってくると見るや方向転換し、凄まじい脚力で社の屋根まで飛び上がる。屋根伝いに移動して異形から遠ざかっていく。

「ひいぃ高い、死ぬ」

閑馬が引きつった悲鳴を上げる。

瑠璃は背負われた格好のまま、青年の横顔に目をやった。金色《こんじき》の髪をおろした青年の顔は、己の記憶にはない。

だが瑠璃は彼の正体に心当たりがあった。

青年の頭の上部には、毛の生えた耳が二つ。腰元からは丸みを帯びた尻尾が突き出ている。青年には、左腕がなかった。

――妖狐……。

薄れていく意識の中、瑠璃は首だけで後方を顧《かえり》みる。執拗《しつよう》に追ってくる異形の姿を、臍《ほぞ》を噛む思いで見つめ――瑠璃の意識はここで途絶えた。

「…………」

一連の出来事を、何者かが見ていた。南楼門の屋根の上、逃げ去った瑠璃たちをさらに追わんとする異形に向かい、言葉少なに声をかける。

「もうええ。下がり」

異形はその声に従い、屋根から飛び降りた。それと同時に土が柔くなっていき、異形の体を呑みこみ始める。やがて異形は、地中深くに姿を消した。

誰もいなくなった境内に、一陣の風が吹く。

異形に呼びかけた者もまた、風とともに境内から姿を消していた。

四

八日後。

瑠璃は南方に見える塔を目指し、足早に歩を進めていた。

——どうなってるんだ一体。京で何が起きてる？

閑馬の家で目覚めたのは昨夜のことだ。全身の負傷により七日間も眠り続けた瑠璃は、起きるや否や驚くべき報を知り、養生どころではなくなってしまった。

空から降ってきた異形は、あの大女と蜥蜴の融合体だけではなかったのだ。何と洛東にある祇園社のほか北、南、西の三ヵ所でも、姿形の異なる怪物が目撃されたのである。なおかつ、三体の異形が現れたのは、祇園社の異形が現れた時刻とまったく同じであった。

京の東西南北に同時に顕現した、四体の異形。だが異形たちは一通り暴れまわった後、土の中へ溶けこむように消えてしまったという。閑馬から聞いた話によれば、祇園社の異形も、あれから瑠璃たちの追跡をぱったりやめたそうだ。

──追いつけないと諦めたのか？　いや、あれだけしつこく追ってきていたんだ、そう簡単に獲物を諦めるはずがない。

時間を置いて閑馬がおそるおそる確認しに行くも、境内には異形の影すら残っていなかった。他の三体と同様、地中に消えた後だったのかもしれない。

そもそも同時刻に四体もの鬼が現れる事案など、滅多に起こることではない。ましてや鬼とも妖とも断定できぬ、見たこともない異形など──偶然では断じてない。

何か、よからぬ事が起こっている。

そこまで考えて瑠璃はふと、意識を失う直前のことを思い起こした。風にたなびく金色の髪。人とは段違いの身体能力──。

妖狐と思《おぼ》しき青年は、瑠璃たちを安全な場所まで運んですぐに姿をくらましてしまった。閑馬と、気絶から目覚めたお恋が名や住み処を尋ねれども、何も答えようとはしなかったそうだ。

──もし、あの妖狐が来てくれなかったら……わっちらは確実に死んでいた。

人間を恐れている風だったにもかかわらず、身を挺して助けてくれた妖狐のことが、瑠璃はずっと気になって仕方なかった。お恋も同じ妖として気がかりなのだろう、妖狐にもう一度会いたいと望んでいる様子であった。

目的地までの目印にしていた塔が、次第に近く、大きくなってきた。瑠璃は逸る気持ちを抑えて東寺の慶賀門《けいが》をくぐる。ほのかな香りを放つ蓮池を左に見ながら、境内を大股で進んでいく。

東寺は、正式な名を教王護国寺という真言密教の根本道場だ。広大な境内では参拝客や法衣をまとった僧侶たちが慇懃《いんぎん》に挨拶を交わしあっていた。

と、講堂に急ぎ向かっていた瑠璃は、食堂の陰から出てきた男と思いきり衝突してしまった。

「す、すみません。お怪我はないですか」

前のめりで歩いていたせいでまわりが見えていなかったのだ。細身とはいえ常人ならぬ怪力を持つ瑠璃に弾かれて、哀れにも男は尻餅をついている。ねじり鉢巻きを頭に巻き、裾をたくし上げた男は、出で立ちから察するに大工であろうか。頬には縦二本の傷痕が見てとれる。

詫びながら左手を差し伸べた瑠璃であったが、対する男は瑠璃を見るなりぎょっとしたように目を見開いた。彼の視線は差し伸べられた左手ではなく、空っぽの右袖へと向けられている。

——ああ、またか。

瑠璃は内心で嘆息する。男は自分に右腕がないのを見て驚いたのだろう。これまで幾度となくすれ違う者から奇異の目を向けられてきた瑠璃は、すでに慣れっこになっていたものの、やはりいい気分はしなかった。

そのうち男は口の端を歪めた。

「……わしい」

「はあっ？　おいあんた、今何て言いやがった」

男は自ら立ち上がると、瑠璃が呼び止めるのも無視してさっさと立ち去っていってしまった。

「おお、誰かと思えば瑠璃じゃないか」

次いで聞こえてきたのは、場違いと思えるほど呑気な塩辛声だ。

「久しぶりじゃのう。と言うてもひと月ぶりくらいか？」

瑠璃は男を睨みつけていた視線を声の方へ転じる。

紫色の法衣をまとい、手首に汗手貫《あせてぬき》をはめた老僧——安徳《あんとく》であった。

安徳はここ東寺の高僧だ。瑠璃が幼い頃からの顔見知りであり、花魁と黒雲頭領の二足の草鞋《わらじ》を履いていたことも、彼は詳細に知っている。京において閑馬以外で唯

一、瑠璃が頼れる存在と言えよう。
「安徳さま、何なんですかあの男」

瑠璃は挨拶もそこそこに、遠くなっていく男の背中を目で指した。

「んん？　あれは仏師の一人じゃろうな。もうすぐ降誕会《ごうたんえ》が催されるからの、京の仏師を集めて寺内にある仏像の修繕をお願いしとるんじゃ」

降誕会とは真言宗の宗祖、空海上人《くうかいしょうにん》の生誕日にちなんで法要を行う日のことだ。寺には多くの参詣者が訪れ、毎年大いに賑わいを見せる。

周囲を見まわしてみれば、なるほど先刻の男と同じく裾をからげた仏師たちが、境内のそこかしこを忙しそうに行き交っていた。

「で、あの仏師がどうかしたのか？」

瑠璃は男の口から吐き出された言葉を胸の内で反芻《はんすう》した。

――汚らわしい。

聞き取りづらい声だったが、男は確かにそう言った。いくら周囲に気を配っていなかった自分が悪いとはいえ、あんまりな言いようではないか。しかしながら五体満足でない瑠璃を下に見て、冷笑する者は今までも少なからずいた。

「……いえ、やっぱり何でもありません」

わざわざ話題に上げるのも腹立たしく思え、瑠璃は鼻から大きく息を吐いて怒りを鎮めた。

「安徳よ、我への挨拶はどうしたのじゃ」

はた、と老僧が瑠璃の腰に目をやる。

「おお飛雷か。そうして帯に擬態するのも様になってきたのう？　馴染みすぎとってまったく気づかなんだわ」

「はあ。どいつもこいつも、龍神を何だと心得ておるのか」

瑠璃の帯に擬態して出かける際、飛雷はほとんど動かず口も利かない。元から気の向いた時にしか話さぬ質《たち》ではあるが、ひょっとすると「人前で無闇に喋らぬように」との瑠璃の言いつけを、律義に守っているのかもしれなかった。

「瑠璃や。お前さんが儂に会いに来た理由……すでに察しはついとるぞ」

安徳は大らかな笑顔から一転、きりりと表情を引き締めていた。

ならば話は早い、とさっそく本題に入ろうとした瑠璃だったが、

「また金の無心じゃろうて」

と言われ、がくっと肩を落としてしまった。

「違いますっ。いや、できればまた貸してほしいけど……ってそうじゃなくて」

「今まで貸した分の利子も貰《もろ》うとらんのに、困った女子じゃのう」

「いや利子とんのかよッ」

思わず大声で叫んでから、瑠璃はハッとした。

この、どこかそらとぼけた老僧と話す時はいつもこうなのだ。知らぬ間に向こうの調子に乗せられてしまう。力みすぎた自分の心身を和らげるべくわざと茶化しているということも、今では理解しているのだが——。

瑠璃は我知らず、深々とため息をついた。


青々とした木々が目に染み、鳥たちのさえずりが聞く者の心を癒《いや》してくれる。東寺の広い庭園を歩くさなか、経典を手にすれ違う僧侶たちは、みな安徳に丁寧な辞儀を送っていた。

かつては小さな慈鏡寺の住職に身を落ち着けていた安徳だが、今や権大僧正《ごんのだいそうじょう》と呼ばれる、東寺で上から二番目の位に就《つ》いている。紫の法衣はそれを示すものだ。僧階は仏門に入ってからの年数で決まるとはいえ、上に行くほど宗派への貢献度や実績が求められる。つまりそれだけ安徳が、本人もかねてから自称する「徳の高いお坊さん」ということなのだろう。

――へえ、権大僧正さまねえ……。

若僧たちから尊敬の眼差しを注がれ、「おお」と軽く手を上げている安徳を見やり、瑠璃は今なお信じられない思いだった。

昔の安徳は飲酒をはじめ、岡場所での遊興すら好き勝手にしていたのだ。しかし東寺ほどの高名な寺で二番目に偉いとされる位階に就いてしまってはそうもいかないはず。自由を愛する彼は、どのように禁欲生活を耐え忍んでいるのだろう。

緩やかな風が庭園に吹き渡る。鼻が利く瑠璃は前を歩く安徳の体から、馥郁《ふくいく》とした香りを嗅ぎ取った。極めて微かではあるが、酒の匂いだ。

――はぁん、さては寝所かどこかに隠し持ってるんだな。やっぱり安徳さまは生臭坊主のまんまだよ。

よかった、と心の中で独り言《ひとりご》ちる。位が高くなろうが変わらない老僧の性分は、今の瑠璃にとって何よりありがたいものだった。

瓢簞池《ひょうたんいけ》のほとりまで来ると、静けさが深まり、瑠璃たち以外に人の気配はなくなった。

「……それで、安徳さまはどう思われますか？　京に現れた四体の異形を」

瑠璃が東寺を訪れたのは、安徳に知恵を借りるためであった。過去に黒雲と将軍の仲介役をこなしていた彼は何かにつけ知識が豊富で、情報通でもある。

老僧は先ほどまでのふざけ具合とは打って変わり、厳かな面持ちで池の波紋を見つめていた。

「詳しいことはまだ儂もわかっておらんが、何やらよからぬ事が起こりつつあるのだけは、どうも間違いなさそうじゃ」

安徳の得た情報によれば、祇園社のほか三ヵ所に現れた異形たちもすべて、人間が成り果てた鬼と、妖とが融合したものらしかった。

「つまりは融合鬼ということじゃ。〝妖鬼《ようき》〟と呼ぶ方がふさわしいやもしれん」

「妖鬼、ですか……」

鬼は稀に、他者と融合することがある。鬼同士で融合する場合が主だが、生きた人間、時には妖をも無理やり体内に取りこんで、より強い呪力を得るのだ。

これまで数々の融合鬼を見てきた瑠璃だが、祇園社に現れた妖鬼は、それらと明らかに質を異にしていた。通常ならば融合鬼の見た目は本体となる鬼の見た目からそう遠くないものになるはずだ。妖が取りこまれようと、妖の見た目は表には出ない。

しかし祇園社に現れた妖鬼は、上半身が人間の鬼、下半身が蜥蜴の妖、とはっきり見た目が分かれていたのである。

あたかも分断された上と下を、意図的にくっつけたかのように。

「お前さんが戦った妖鬼の、妖の部分じゃがな。おそらくは鞍馬山《くらまやま》に棲《す》まうと伝わる大蜥蜴じゃろう。伝承はわずかしかないものの、皮膚が、お前さんが見たのと同じ波模様と記録されておる」

瑠璃の耳に、妖鬼の鬼哭がこだました。

鬼哭の深淵から聞こえた、か細く苦しげな声が。

──あの声は、もしかして……。

「それとな瑠璃」

言いかけて、安徳は思案げに坊主頭を掻いている。話題にすべきかどうか迷っている、といった様子だ。

「あくまでも巷間《こうかん》の噂、定かなことではないんじゃがな。四体の妖鬼の見た目が、まるで〝四神《しじん》〟を模したようだと言われておるんじゃよ」

「四神？　何ですかそれは」

聞き慣れぬ言葉に瑠璃は片眉を上げる。一方で安徳は粛々と言葉を継いだ。

「この地がかつて平安京と呼ばれていたのは知っておろう。四神とは、京の地を守護する四体の神獣のことじゃ」

今を去ること千年の昔。先の長岡京から都を遷《うつ》すと決めた時の帝は、唐《とう》よりもたらされた風水「四神相応」の概念にのっとり、三方を山に囲まれ、南に池を擁《よう》する山城国《やましろのくに》の地相を、都を設置するにふさわしい「吉の地」と見定めた。そして東西南北それぞれの自然を、土地を守る神獣に見立てたのだ。

東を流れる鴨川は「青龍《せいりゅう》」、西を縦断する木嶋大路《このしまおおじ》は「白虎《びゃっこ》」、南に広がる巨椋池《おぐらいけ》は「朱雀《すざく》」、北に位置する船岡山《ふなおかやま》は「玄武《げんぶ》」に相応すると見立てられ、それら四体の神獣が強固な結界を張ることで、京の守りは盤石となった。要するに京の地形それ自体が、言うなれば自然の要塞となったのである。

「ちなみに四神は方位のみならず季節も司っておってな。青龍は春、朱雀は夏、白虎は秋、玄武は冬、といった具合に……ま、言うても想像上の生き物よ。一説によれば四神の結界はすでに崩れたとされておるしの」

「ふうん。じゃあともかく祇園社の妖鬼は、東に現れたから、青龍のようだと噂されてるってことですね」

話を聞いた瑠璃はさらに混乱してしまった。京に住まう者たちは「妖鬼の現れた地」と「四神相応の地」がおおよそ一致していることから、二つを結びつけたのであろう。

さりとて千年もの昔に用いられた風水の概念が、果たして本当に妖鬼の出現と関係あるのだろうか。益体もない話と聞き流すべきか、はたまた——。

「う……考えてたら頭がくらくらしてきちまった」

額を押さえうずくまる瑠璃に、安徳は慌てふためいた。

「そりゃいかん。ほれ、そこの岩場にお座り。お前さんまだ妖鬼と戦った傷も癒えておらんのじゃろう？」

示された大きな岩に腰かけると、瑠璃は首を縦に振った。

「傷といっても裂傷はもう治ってて、あとは全身の打撲だけなんですが、治りがどうも遅くって……」

ただ、体を打ったのが瓦ではなく檜皮葺の屋根だったのは幸運と言えよう。

「あとこれのおかげで、致命傷を免れたんですよ」

帯に挟んであった布を取り出し、中を開いてみせる。そこには粉々になった能面の残骸があった。

「泥眼の面か。京にも持ってきておったんじゃな」

「はい、鬼退治の時はこれがないと落ち着かないものですから。祇園会の日も帯に挟んで持ち歩いてたんですよ」

江戸の面打ち師にとびきり頑丈に作ってもらった泥眼の面は、過去、黒雲として任務に出向いていた頃から欠かせないものであった。当時は花魁という表の顔を隠すため、との意味あいが強かったのだが、常に携帯して旅をする間に、面はいつしか瑠璃の中でお守りのような存在になっていた。

蛸蜴の尾に吹き飛ばされた時も、帯の内側にあった能面がわずかながら衝撃を和らげてくれたのだ。

「それが、こんな有り様になっちまって」

残骸へ目を落とす瑠璃に、隣に座った安徳は案じるような眼差しを注いでいた。

「のう、瑠璃や。妖鬼とまた戦うつもりなのか」

「そりゃもちろん。土の中に消えていったきり何の被害もないと聞きましたけど、かえって不気味じゃないですか」

それだけで終わるはずがない。

「わっちは、あの妖鬼に完敗しました。手も足も出せないまま背を見せて逃げたんです。退治することが、できなかった……妖鬼はいつかまた現れるに違いないって、自分の勘が言ってるんですよ」

だから次こそ、退治してみせる。

もはや鬼退治は瑠璃にとって、誰かに言われてこなすものではなくなっていた。哀しみの中でもがき続ける鬼の、無垢なる魂を救いたい――つまりは己の意志で行うのだ。そして妖鬼も、鬼であることには相違ない。

それに、と瑠璃は眉を曇らせた。

「妖鬼がまき散らしていた邪気……あの平将門公と、似た脅威を感じたんです。危険は元より承知の上、必ず退治しないと京で多くの死人が出ることになるでしょう」

「そうか、将門公と……」

安徳はちらと瑠璃の右袖を見て、納得がいったように頷いた。

「ならば瑠璃、江戸に文を送りなさい」

「え？」

「江戸にいる男衆を呼び寄せるんじゃよ。祇園社の妖鬼と戦うだけで死ぬ思いをしたのだから、至極当然じゃろう。お前さんはたった一人、対して向こうは四体もおるのじゃぞ」

老僧の瞳をとっくりと見つめ、しかし瑠璃は、首を横に振った。

「それはできません」

安徳の面差しに驚きが浮かんだ。

「何ゆえ」

「安徳さまもよくご存知でしょう。黒雲は六年前、将門公との決戦を終えて解体されました」

任務をともにしていた四人の男衆は現在、江戸で思い思いの道を歩んでいる。妓楼の若い衆という職とも、鬼退治とも無縁の、平和な道を。

錠吉、権三、豊二郎、栄二郎、そして瑠璃——黒雲という組織で繋がってきた五人の道は、たとえ互いを思いやる気持ちは変わらずとも、今や一本道ではない。

「黒雲はなくなりました。あの四人はもう戦いから離れたんです。きっと皆、今は心穏やかに過ごしていることでしょう。死と隣りあわせの鬼退治から解放され、命が脅かされる不安など、まったくない暮らしを……それでいいんです」

彼らを再び険しき戦いの道に引きずり戻す選択肢は、元頭領である瑠璃には露ほどもなかった。

「瑠璃……」

安徳はいっそう物思わしげな顔をしたが、瑠璃の返答を想定してもいたのだろう、ややあって思い切ったように腰を上げた。

こっちにおいで、と瑠璃を誘う。

何か見せたいものでもあるのだろうか。瑠璃は岩から腰を浮かすと安徳に続いて歩き、庭園を抜けた。

「ご覧、この五重塔を」

言われるがまま青空を仰ぐ。

雄々しい入道雲を背に、高さ十八丈もある五層の古塔が、天に向かいそびえ立っていた。重厚な雰囲気に背筋が正されるようだ。

「いつ見ても立派ですよね。京のどこにいても見えるから、道に迷った時はいつも目印にさせていただいてますよ」

「いかにも、京の誇りというべき塔じゃ。では瑠璃、この塔がどうやって支えられているかは知っておるか」

禅問答か何かだろうかと瑠璃は首を傾げた。

「あの空に向かって突き出た柱が、塔全体を支えてるんじゃないんですか？」

塔の頂上、相輪を支える柱を指差しながら答えれば、安徳は訳知り顔で否と言う。

「お前さんが言うたのは心柱《しんばしら》というものじゃな。確かにあの心柱は大日如来そのものと見なされ塔の中心になっておるが、あれほど高い塔ともなれば、さすがに一本の柱だけでは支えきれん……よいか瑠璃や。実際に塔を支えるのは、心柱のまわりにある四天柱《してんばしら》なんじゃよ」

五重塔は落雷などによる焼失こそ避けようがなかったものの、幾度となく起こる震災を、しなやかに揺れ衝撃を受け流すことで耐え抜いてきた。それは安徳の言った四天柱の働きに拠《よ》るところが大きい。

「塔を貫く心柱のまわりを、四天柱が固め、支える。そうして内部にいらっしゃる御仏のご遺骨をお守りし、京の歴史を長らく見守ってきたんじゃ」

語り終えた安徳はうんうん、と感じ入るように自ら相槌を打つ。

心柱と四天柱。双方があってこそ、この高い塔は地に堂々と立っていられる。反対に心柱一本だけでは、塔はあっという間に崩れてしまう──。

老僧が何を言わんとしているか合点がいった瑠璃は、思わず苦笑いをこぼした。

「安徳さま、わっちにお坊さんらしいところを見せようとなさってるんでしょうが、回りくどいにも程がありますよ……申し訳ないですけど、江戸に文を送るつもりは一切ありません」

「何でじゃっ。今の話、ぐっと心に響いたじゃろう？」

自分で言うかな、と瑠璃は眉尻を下げた。

「そりゃまあ、含蓄《がんちく》のあるお話だとは思いますが……」

「瑠璃。人は、一人ではまっすぐに生きていけんものよ」

安徳の言葉は、亡き義父の言葉を彷彿とさせた。

「お前さんは確かに強い。だが己の力のみで事を為そうとするのと、強さとは違う。成し遂げようとする事柄が大きければ大きいほど、他者の協力が不可欠じゃろうて」

真っ向から自分の瞳を正視する老僧を、瑠璃も同じように見つめ返した。

安徳の言うことを理解できないわけでは決してない。されど瑠璃は、何と諭されようとも考えを曲げる気になれなかった。

頑《かたく》なな表情で黙りこくった瑠璃を見て、安徳は取りつく島もないと思ったのか、これ見よがしに長息を漏らした。

「まったくお前さんは、昔よりずいぶん険がなくなったと思うたら、強情なところは一向に変わっとらんのじゃな」

「……安徳さまのお心遣いには、いつも感謝していますよ」

ごおん──と境内に低い鐘の音が反響する。昼九ツを知らせる鐘だ。

「いけない、もう正午か。そろそろお暇《いとま》しますね。早く帰って今日の分の洗濯をしないと」

「せ、せんたく……お前さんが、洗濯……？」

老僧は一転して驚愕の面持ちを浮かべていた。幼少よりずぼらだった瑠璃から、よもや家事の話が飛び出すとは思ってもみなかったらしい。

「失礼な、わっちだっていい加減に洗濯くらい覚えますよ。まァそつなくこなせるかどうかは別として……他人さまの家に居候させてもらっといて、のんびり寛いでるだけってのもあんまりなんでね」

瑠璃は小鼻を膨らませる。一方で安徳は眉間に皺を寄せ、何やら勘ぐるような目をしていた。

「お前さんが厄介になっている男、確か閑馬とかいうたな。ほんに信用できる男なのか？」

「どういう意味ですか」

「そりゃ決まっておろう。独り身の男がお前さんのような美女を家に住まわせて、しかも店賃《たなちん》すら要求してこないなぞ、どう考えても下心が……」

突如、安徳は「ああっ」と何事か思い至ったように叫んだ。

「も、もしや瑠璃、そやつに変なことをされとるんじゃなかろうなっ？　主に夜とか、あと夜とかっ」

「されてません」

白け顔で即答する。が、安徳はなおも腑に落ちない様子だ。我が子も同然に見守り続けてきた瑠璃に、いかがわしい虫がついたのではと案じているのだろう。

――はあ……そういや安徳さまには閑馬先生がどんな人かって、詳しくは話してなかったかもな。

ひと呼吸を置き、瑠璃は閑馬と出会った時のことを、噛んで含めるがごとく話し始めた。

昨年の冬、雪に埋もれるように行き倒れていたところを拾ってもらった瑠璃は、閑馬の家にて久方ぶりのまともな飯にありつけた。怒濤《どとう》の勢いで白飯を平らげていく瑠璃と狸、黒蛇に、閑馬は頬を引きつらせていた。備蓄してあった米があっという間に底をついてしまったのだから、呆気に取られるのも無理はない。

あらかた飯を食い尽くした瑠璃は、閑馬に深々と頭を下げ、髪に差した玉簪を「金子の代わりに」と一本外して畳に置いた。口いっぱいに白飯を詰めこんだお恋はまだ物足りなそうであったが、構わず脇に抱きかかえて家を出る。

そんなに急がなくとも、今晩は泊まっていけばどうか――閑馬はこう提案してくれたが、瑠璃はそれを固辞した。

命の恩人にこれ以上の迷惑をかけるわけにはいかない。もっとも、断る理由は他にもあった。

閑馬は一見すると善良そうな男だが、何しろここに来るまでにその「善良そう」という己の感覚を信じた結果、金を騙し取られてしまったのだ。同じ轍《てつ》を踏むわけにはいくまい。今しがた渡した簪は瑠璃が所持する唯一の金目のもので、銀銭ではないが売ればそれなりの高値がつくはず。一応は筋を通したのだから後ろめたいことはもはや何もない。

吹雪の中を突き進みながら、瑠璃は「行く当てはあるのか」と問う閑馬の声を背中に聞いた。だが聞こえぬふりをして道を急いだ。

京の土地勘がまったくない状態で歩き続け、瑠璃たちはようやく壬生村《みぶむら》で寝床にできそうな空き家を見つけた。壁も屋根も穴だらけの荒屋ではあるが、贅沢を言ってはいられない。

一晩だけここで吹雪をしのぎ、夜が明けたら東寺に向かおう。安徳に会うことさえできれば金も食料も何とかなるはずだ。「さっきの家で寝たかった」とぶう垂れるお恋をなだめ、瑠璃は荒屋へと足を踏み入れる。

が、中に入るや否や、瑠璃とお恋は凍りついた。

空き家だと思っていた荒屋には先客がいた——鬼である。

突然すぎる事態に驚きはしたが、瑠璃は直ちに臨戦態勢を取った。

外へ飛び出した瑠璃たちを追ってくる鬼。瑠璃は刀になるよう飛雷に呼びかける。

と同時に、瑠璃たちと鬼の間に、人影が一つ割りこんできた。

——俺が何とかしますから、にに逃げて、早くっ。

閑馬であった。

丸腰で鬼と向きあい、瑠璃たちを庇《かば》うように両腕を広げる。しかし足腰がひどく震え、立っているのがやっとの有り様だ。何とかするとは言ったものの、確たる策はないらしかった。

——どいてください、わっちなら大丈夫ですから。

——なんも大丈夫やあらへんっ。あ、あんたさんの事情はよう知らんけど、女子が襲われとるんに、男が黙って見てるなんてでけへんのやっ。

上ずった声で怒鳴る閑馬。その瞳に、瑠璃は恐怖と同じくらい、「守る」という意志を見たのだった——。

当時のことを胸中で思い返しながら、瑠璃はくすりと口元に笑みを浮かべた。

「何でも壬生村に鬼が出るって噂が立ってたらしくて、閑馬先生、まさかと思ってわっちらの後をつけてきたそうなんです。人一倍怖がりなのに、わっちらを鬼から守ろうとしてくれた……まあ結局その鬼は、わっちと飛雷が倒したんですけどね」

この事件があったからこそ、瑠璃は閑馬の厚意に甘え、家に居候させてもらうことを決めたのであった。

「だから閑馬先生の人となりに関しちゃ何も心配いりませんよ。寝間だってちゃんと分かれてますし、先生は分別のある男だから妙なことは起こりません。たとえ何かされそうになったところで、わっちが無抵抗でいるはずがないでしょう？」

「ふうむ。確かにお前さんの抵抗は、すなわち相手の死を意味するからな。襲った男が気の毒というか」

「ちょっと」

瑠璃が低い声音になったのも構わず、安徳はおどけたように笑っていた。

「ところで前に聞いたかもしれんが、閑馬どのの家は上京のどの辺りだったかのう？」

「場所ですか？　ええと、千本通《せんぼんどおり》を北に進んで、出水通《でみずどおり》を東に――」

「しばし待っておくれ」

瑠璃の説明を遮ると、安徳は近くを通りかかった若僧を呼び止め、携行用の筆と墨壺が一体となった矢立《やたて》を借りた。筆の先を舌で湿らせ、瑠璃が言う場所をさらさらと紙にしたため始める。

「……東に進んで、左手の五軒目。ああ所司代の下屋敷ちかくか？」

「はい。小屋根にある鍾馗《しょうき》像が丸々と肥え太っているので、見ればすぐわかるかと」

「ふむふむ、そりゃ大事な目印じゃな……さて、これでよし」

「閑馬先生の家の場所がどうかしたんですか？」

手元をじっと見つつ、尋ねてみる。すると安徳は弱ったように白髪まじりの眉を下げた。

「いやあ、近頃もの忘れが激しくてのう。何かの時に備えてお前さんの居場所をしかと記しておきたいんじゃ。儂もいずれ、閑馬どのに挨拶に行かんとじゃしな？　ふぉっふぉ」

茶目っ気たっぷりに笑う老僧に、瑠璃は「はあ」と間の抜けた返事をした。

――忘れっぽくなるなんて、面と向かって話してる分にはかくしゃくとしてるように見えるけど、安徳さまもいい歳なんだな……。

せっかく同じ京にいるのだから、もう少し頻繁に会いに来た方がいいだろうか。そんなことを考えながら安徳と別れ、入ってきた慶賀門に向かって歩く。左手に抱えた風呂敷には、東寺の書庫から借りた、大蜥蜴にまつわる伝承を記した書物が包まれていた。

安徳との会話を顧みる中で、瑠璃には一つ気になることがあった。

閑馬のことだ。

いらぬ心配をかけぬよう安徳には信頼できる男だと説明したものの、実は瑠璃自身、なぜ閑馬が自分にあそこまで親切にしてくれるのか、少しばかり引っかかっていたのだった。

――独り身の男がお前さんのような美女を家に住まわせて、しかも店賃すら要求してこないなぞ……。

閑馬は時たま島原や祇園に出向き――こちらが聞いてもいないのに「仕事の付き合いどす」と言い訳がましく嘯《うそぶ》いているが――、遊宴に興じていた。艶福家《えんぷくか》とまでは言えずとも、あの人当たりのよさなら遊女や芸妓に気に入られやすいだろう。女には困っていないのかもしれない。が、だとしても、男盛りの年齢で瑠璃にまったく手を出さないというのは些か妙だ。

代償も求めず世話を焼いてくれるのを、単に親切と受け取るばかりでよいのか。

――下心じゃなくても何か、わっちに隠してることがあるんじゃ……いやまさかな。閑馬先生に限って、そんなことは……。

恩人である彼に二心があるとは思いたくないが、はてさて、どう捉えたものだろう。

思索にふけりつつ歩いていると、

「瑠璃、気づいておったか？　また視線を感じるぞ」

これまで黙していた飛雷が唐突に口を開いた。

「えっ。もしかしてこないだの妖狐かな」

瑠璃は急いで辺りを見巡らす。だが境内にいる僧侶や参詣者たちはめいめい違った方向を見ていて、飛雷の言うような視線など感じない。注意深く目を凝らせど、妖狐の姿とてどこにもなかった。

「何だよ、別に誰もこっちを見てないぞ？　お前の気のせいじゃないのか？」

「……確かに、感じたのじゃが」

怪訝そうにつぶやく黒蛇に首をひねりながら、瑠璃は東寺を後にした。

五

〽ポンポコポン　コンチキチン
お江戸のにんげん　からっから
京のにんげん　いけずだらけ
はんなり顔で笑っても　何考えているのやら
聞いてもはんなりかわされる
猫も杓子《しゃくし》もはんなり　はあ　はあ
はんなり　はんなり　腹黒い

「そぉれはんなり、はんなり、腹黒いっ。わはははは」

四条河原《しじょうかわら》の納涼床《のうりょうゆか》にて。

屋台や人が集まる中洲《なかす》から少し離れ、河岸の桟敷《さじき》に腰かける瑠璃と閑馬は、妖たちの愉快げな様を眺めていた。

お恋の歌と腹踊りに合の手を入れる妖の中には、河童《かっぱ》、牛車《ぎっしゃ》に顔がついた朧車《おぼろぐるま》、すっとぼけた表情の生首、釣瓶《つるべ》おろし。右手の河岸では、妖力を得たイタチである貂《てん》と、大きなネズミのごとき雷獣《らいじゅう》が、やたら声が野太い川赤子《かわあかご》の行司《ぎょうじ》で相撲を取っている。

河原には他にも様々な姿形をした付喪神たち、江戸では見たことがない妖も大勢いた。さすがは歴史の深い京、人間だけでなく多様な妖が棲まう懐の深い土地である。

「いやあ楽しそうやなあ。それにしてもお恋のあの歌、聞いたこともあらへん。一体どこで覚えたんでしょうね」

「さ、さあ？　妖の流行《はや》り歌か何かだろう」

まったり酒を嗜《たしな》んでいた瑠璃は、閑馬に問いかけられて猪口《ちょこ》を落としかけた。

――お恋め……あの歌だけは絶対にやめさせねえと。

歌の出所は誰あろう瑠璃が一番よくわかっている。お恋は瑠璃が事あるごとにこぼしていた愚痴をもとに、新しい歌を自作したのだ。妖たちは狸の歌と踊りを純粋に楽しんでいるようだが、隣に「京びと」の閑馬がいる瑠璃は、気が気でなかった。

「閑馬先生ほら、肴《さかな》がまだたくさん残ってるよ。食べて、食べて」

「ホンマにええんどすか？　瑠璃さんに奢ってもらうなんて……」

閑馬はためらいがちに桟敷の上を見渡す。

柚子おろしの載る冷奴《ひややっこ》、焼いた山科《やましな》なす、黒蜜のかかった心太《ところてん》など、桟敷には屋台で買ってきた酒の肴がちまちまと並んでいた。どれも簡単な品ではあれ、安くて美味い夏の味だ。

「いいのいいの遠慮しなくても。いつも世話になってるんだから、たまにはわっちにも奢らせとくれよ」

瑠璃は白い歯を見せて閑馬に笑いかけた。

夕暮れ時、こうして風情《ふぜい》ある川床に足を運んで来たのは閑馬の案を受けてであった。祇園社での戦い以降、深刻な顔つきばかりしている瑠璃に、閑馬が「気晴らしをしてはどうか」と誘ってくれたのだ。

ならばと瑠璃は酒と肴を彼に馳走することにした——もっとも銀銭は先日、東寺で安徳から借りたものなのだが。

柔らかく香ばしい焼きなすを口に含み、瑠璃はうっとりと目を閉じる。これで煙草がそろっていれば言うことなしなのだが、考えても詮ないことだ。

「んー、京の茄子って瑞々しいよなあ。あの丸っこいやつ、何だっけ賀茂なす？　あれを江戸でも売ったら流行るだろうな」

「洛外にはほとんど流通してないみたいですけどね。聖護院かぶに九条ねぎ、伏見とうがらし。京は野菜どころなんですよ」

川の涼味に、中洲の方から風に乗って聞こえてくる賑わい。京ならではの風雅な空気を五感で堪能するうち、瑠璃の心は自然とほぐれていった。

「そういえば瑠璃さんに頼まれとった黒炭、いくつか手に入りましたよ。あと菊の根も」

「もう？　そりゃ助かるよ、ありがとう」

「いえいえ、薬種問屋に知り合いがおるんで簡単でした。しかしそんなもの一体、何に使うんですか？」

「実はさ、また閑馬先生にも手伝ってもらいたいんだけど——」

その時、二人の後ろを商人らしき集団と、河童の集団がすれ違っていった。

「聞いたかえ、お狐さまのお山が襲われたんやと」

「何ぃ？　あこの守りは京で有数の固さなはずやろ？　おっかないお狐さまがいつも睨みを利かせとるんやさかい」

「結界は無事らしいけど、あのお山が襲われるなんて今までなかったことや」

「鞍馬を仕切っとった砂海《さごうみ》親分かて姿を消してもうて、狩人《かりゅうど》の仕業やとか言う奴もおるし……なんや最近の京はえらい物騒やなァ」

河童たちの会話が気になり背後を見返った瑠璃は、途端、眉根を寄せた。通りすぎていったはずの商人のうち一人が立ち止まり、顔を強張らせているのに気がついたのだ。

男の視線は、間違いなく河童たちの姿を追っている。

――あの男、見えてるのか。

瑠璃は次いで無数の提灯に浮かび上がる左向こう、酒宴を開く人々へ目を配る。中洲に並べられた床几にも、向かいの河岸に設けられた高床にも、妖たちの姿が数体あった。人に紛れて床几に腰かける者、茶屋からこっそり食べ物をくすねる者。中には大道芸やのぞきからくりを楽しんでいる妖もいる。そして酒宴を開く人間のうち数人は、それら妖を明らかに視認しており、一様におびえた表情をしていた。

「妖ってのは、京でも怖がられちまうものなんだな」

そうつぶやくと、瑠璃と同じく商人の異変を察していた閑馬が「ええ」と頷いた。

「残念ながら、妖の本質をホンマに理解しとる人間はほとんどおまへんから……かくいう俺も、実はお恋と出会うまで、妖が悪さをするモンやて思いこんどったんですけど」

「そうだったのか？」

「あ、このこと、お恋には内緒にしとってくださいね。今はもう妖が怖いなんてちっとも思ってまへんから」

妖は、「見える」人間にしか存在を気づかれない。お恋のような付喪神、すなわち実体がある妖なら誰にでも視認されるが、人ならざる者が人の言葉を話すものだから、「物の怪」、「化け物」と騒がれるばかり。存在に気づいてもらえたところで、まともに会話することすら叶わないのが現実である。

だからだろうか、姿を見ても怖がる素振りひとつしない瑠璃のまわりには、昔から自然と妖が集まるのだった。

――あいつら、江戸で達者にしてるかな……。

腹鼓を打ち踊り狂う狸を眺めながら、瑠璃は胸の内で、江戸に置いてきた馴染みの妖たちを思っていた。

「こんボケェ、人にぶつかっといて何の詫びもないとはどういう了見やっ」

と、後ろで大きな怒鳴り声がして、物思いをしていた瑠璃は一気に現実へと引き戻された。

見れば瑠璃たちの後方で男ふたりの諍《いさか》いが起きている。

「ぶつかったんはお前やろがっ。そっちが詫びるんが筋とちゃうんか、ええ？」

「何やとこらァ」

額と額がくっつかんばかりの距離で睨みあう男たちは、とうとう取っ組みあいを始めた。

閑馬が慌てて仲裁に走ったのだが、

「うわ危ない、喧嘩は人がおらんとこでやっ……うわああ」

健闘も空しく、揉みあう男たちは瑠璃たちの桟敷に倒れこんできた。瑠璃は咄嗟に身をかわしたのだが、一方で桟敷の上は、悲惨な状態になってしまった。

「わ、わっちの酒……」

まだ心太も食べてないのに、と沈痛な声を漏らす瑠璃の腕を引っ張り、閑馬は急いで桟敷から距離を置いた。

すると今度は人の集まる中洲の方から怒声が聞こえてきた。

「いてこますぞワレェッ」

「上等やこのドサンピンが、やれるもんならやってみぃ」

中洲でも客同士の小競りあいが起こっているらしい。

水の音が騒がしいので視線を転じれば、同じく客と思しき女たちが川の中で取っ組みあっているではないか。

「何なんあれ。瑠璃さん、糺《ただす》の川床にでも移動します？　ここよか落ち着いて飲めると思いますよ」

「……いやいい、もう帰ろう……」

万年金欠な上、閑馬がほとんど酒を飲まないため、堂々と酒を味わう機会を得るのは久方ぶりだったのだ。だが念願かなって購《あがな》えた酒も肴も、すべて見ず知らずの男たちの下敷きになってしまった。

当の男たちはといえば、他人の酒を台無しにしたことすら気に留めていないのか、なおも殴りあいを続けている。

「……ほならまあ、帰りまひょか。おういお恋、俺らはもう帰るけど、お前さんはどうしはる？」

「私はもう少し遊んでいきまあすっ。ひとりで帰れるから大丈夫ですよう」

「何やもう帰るんか。気ぃつけてなあ人間」

「またなあ人間」

お恋とともに河原で石投げをして遊ぶ妖たちが、口々に声を上げ、瑠璃たちに手を振った。

瑠璃と閑馬は河原をしばらく北に歩いた。河鹿蛙《かじかがえる》の澄んだ鳴き声が何とも夏らしく風流である。が、瑠璃は今なお食べられなかった料理に未練たらたら、よく見れば半泣き状態だ。

「黒蜜の心太、最後に食べようと思って取っといたのに……」

「せっかく気晴らしに来たんにえらい目にあいましたね。しかしぶつかったくらいであない頭に血が上るなんて、酒の飲みすぎなんとちゃうか？　ええ大人がみっともない」

閑馬もいつになく怒りを滲《にじ》ませている。

口惜しげに河原の小石を蹴飛ばしていた瑠璃は、ふとあることを思い出した。

「そういや家からここに来るまでの道でも、喧嘩の場面に出くわしたよな。京じゃ珍しい光景だからちょいと驚いたよ」

お恋が歌にしていたように、京の人間というのは本心を内に隠す傾向にある。感情を剥き出しにすることは極めて稀で、先ほどのような派手な諍いなどまず起こらないはずなのだが、

「近ごろ何だか、ああいう揉め事が増えとる気がします。皆どっかしら不安定になっ

とるゆうか、ギスギスしとるゆうか」

言って、閑馬は小さくため息をついた。

――ギスギス、か……もしかしたら、妖鬼の出現と関係してるのかもしれないな。妖鬼の放っていた邪気が京の空気を澱《よど》ませ、人々の心にも大なり小なり影響を及ぼしているのでは――。

思案にふけりつつ歩くさなか、瑠璃は前方に、一人の童女が佇んでいるのを目に留めた。

「……」

見たところ歳は十を越えたくらいだろうか。分厚い前髪で額を覆った童女は、丈の短い襤褸《ぼろ》を着て、感情のない目でこちらを見つめている。

閑馬が訝しそうに童女と瑠璃を見比べた。

「何やろあの子。めちゃめちゃ瑠璃さんを見てますけど、知り合いどすか?」

「いや、知らない子だ」

――でもあの顔、どっかで……。

道の真ん中で突っ立っている少女の顔に見覚えがある気がして、瑠璃は己の記憶を探る。

するといつの間にか向こうから、

「これ麗《うらら》、道をふさいだらあかん。こっちに来なさい」

老人が慌てた様子で走り寄り、少女の手を引いた。そのまま奥の方に建ち並んでいる掘っ立て小屋へ連れていこうとする。

「あの、もし」

瑠璃は自身でも気づかぬうちに二人を呼び止めていた。

どうしたのか、と閑馬が驚いたように尋ねる。しかし瑠璃は答えを持ちあわせていなかった。話すことなど何もないはずなのに、なぜ呼び止めたのか、自分でもわからない。

「ええと……麗っていうんですね、この子。可愛らしくて素敵な名前だと思います」

頭を回転させた末どうにか出てきたのは、毒にも薬にもならぬ感想だけであった。

案の定、老人は怪しむ視線を瑠璃に向けている。

「ご覧のとおり、儂らは河原に住まう乞食《こじき》にございます。差し上げられるものは何もございませんし、この子も渡せません」

「え？　あっ、いやそういうつもりじゃ……」

どうやら老人は瑠璃たちを追い剝ぎか人さらいの類と勘違いしたらしい。逃げるように童女の手を引っ張り立ち去ろうとする。だが肝心の麗は、瑠璃をぼんやりとした目で見たままその場を動こうとしなかった。

「い、いよも爺《じい》、この人、女衒《ぜげん》じゃないよ」

少女の声には抑揚というものが欠けていた。

──これは……心を閉ざした顔だ。

能面よりも無表情な顔がじっとこちらを見つめている。一体、この子には感情というものが備わっているのだろうか。童女の暗い目は無性に瑠璃の心を騒がせた。

初めて会ったはずなのに、そんな気がしない。

──まるで、昔のわっちを見てるみたいだ……。

懐かしさと苦さが綯《な》い交《ま》ぜになったかのような、混沌とした感情が湧き上がってくる。束の間、瑠璃は童女と無言で見つめあった。

「あの、お嬢さん？」

老人は眉をひそめていた。それに気づいた瑠璃はようやく我に返り、ごそごそ袂を探ると中から小さな巾着を取り出した。

「そ、そうですとも、わっちは決して怪しい者なんかじゃありません。この子の格好を見て、少しばかり気になっただけなんです……だからその……もしよければこれを、ほんの気持ち程度ですが」

言葉を濁したまま、巾着を老人の手に握らせる。巾着の中にあるのは銀の重みだ。

老人は穴が開くほど瑠璃を見つめた。

「そうでしたか。これはとんだ失礼を。ほれ麗、お前もお礼を言いなさい」

「ありがとう」

童女の表情には、やはり変化が見られなかった。

「礼なんていいんです。むしろ言わないでください」

くぐもった声で返すなり、瑠璃は老人に一礼して走りだした。

「瑠璃さん、ま、待って、そない走らんでも」

老人たちの影が遠く、小さくなるまで走ってから、ようやっと足を止める。普段あまり体を動かすことのない閑馬はぜえぜえと息を切らしていた。

「……ごめん閑馬先生。先生のことすっかり忘れてた」

「やっぱそうでしたか。それはもうええですけど、何で急に走ったんです？　あこから逃げるみたいに」

瑠璃はしばらく押し黙っていた。が、そのうち絞り出すように、

「あんなことしかできない自分が恥ずかしくなって」

と心情を明かした。

掘っ立て小屋の数からして、あの河原にはおそらく二、三十人ほどが身を寄せあっているのだろう。鴨川の水害も多いはずの、定住するにはおよそ困難な地で——瑠璃は知っていた。彼らが、あのような場所にしか住むことを許されぬ、虐げられた者たちであることを。

「なあ閑馬先生、あの人ら、京じゃ何て呼ばれてるんだ」

「……ぬっぺりぼう、と」

さしずめ、江戸で言うところの「のっぺらぼう」だと思われる。

「やっぱり。人として扱われてないんだな」

心苦しくなったのだろう、閑馬は河原の石に目を落とした。

「いや誤解しないで、閑馬先生を責めてるんじゃないよ。ただざ、ああいう人らを見ると居ても立ってもいられなくなって……わっちができることと言ったら、金を渡すことくらいしかないんだけどさ」

本音を言えば、施しをすることは彼らを下に見ているようで嫌だった。こちらの方が上の立場だと、彼らに思ってもらいたくはなかった。それでも瑠璃は銭を渡す以外、彼らの助けになれる術を知らない。

「実はね、今まで言ってなかったんだけど、わっちもあの人たちと同じなんだ」

「同じって？」

「わっちの生まれは、江戸じゃない。江戸から離れた山脈に暮らしていた、産鉄民の末裔《まつえい》なんだ」

閑馬が小さく息を呑むのがわかった。

古くから蔑《さげす》まれ、虐げられる存在であった産鉄民。中でも刀工の技術を持つ「滝野《たきの》一族」こそが瑠璃の出自であった。されど一族で生き残っているのは今や瑠璃ひとりしかいない。わずか五歳だった夏の夜、倹《つま》しくも幸せな日々は、脆《もろ》くも崩れ去った。差別というものがあったせいで。そして、他ならぬ自分のせいで――。

そこまで考えて瑠璃は思考に蓋をした。

当時のことは大人になった今でも、瑠璃にとって生涯最大の傷であり負い目であったからだ。思い出すたび胸がずたずたに引き裂かれる感覚が襲ってくる。育ての父である今は亡き椿惣右衛門《そうえもん》がいてくれなければ、自分はあの童女のように暗い目をしたままだったろう。生みの両親や一族を悼む気持ちは決して忘れていなかったが、己の心を平常に保つには、過去からある程度の距離を置くしかなかった。

腰元の飛雷がもぞりと動くのを感じつつ、瑠璃は口を開いた。

「あのさ、閑馬先生……〝瑠璃の浄土〟って、知ってるか」

出し抜けに問われた閑馬は、黙って首を振った。

瑠璃の浄土。その世界では貴賤《きせん》の別もなく、森羅万象《しんらばんしょう》、すべての者に救いの光が当てられる。誰もが心安らかに生を全うできる世界。心をえぐる憎しみも、魂を食い荒らす恨みもない世界。そこに鬼や差別の情が生まれる余地はない。

これこそが瑠璃の目指す夢であり、闘い続ける理由でもあった。

「……やっとわかったわ。瑠璃さん、旅の途中でさっきと同じことを何回もしはったんでしょ。だから手持ちの金がどんどん目減りしてったんとちゃいますか」

「まあ、それも理由の一つかな。人によっちゃ偽善だと突っぱねられることもあったけどね」

偽善、と閑馬は口の中で繰り返す。

「どうですやろ。俺は瑠璃さんの行い、純粋にええなと思いましたけど。ああいう人らのことを深く考えたことがなかったもんやさけ、少し身につまされたというか」

おそらくは閑馬の方が世間の大多数なのだ。己と、謂われもなく虐げられる者とが同じ浮世に暮らしていることを深く考えない。あるいはあえて考えないようにし、見て見ぬふりを決めこむ。

瑠璃にはそれを咎める気などさらさらなかった。ただ、虐げられる者たちの存在そのものが世間から忘れ去られている気がして、どうにもやるせない思いに駆られてしまうのだった。

「わかってはるとは思いますけど、俺は瑠璃さんが産鉄民の末裔やからって態度を変えたりしまへんよ。瑠璃さんは瑠璃さんですから、生まれなんて関係あらへん」

「……うん」

「それに巾着をまるっと渡してまうなんて、女子にこんなこと言うたらあかんかもしれんけど、男前やなァ思いましたよ」

感心したように言い添えた閑馬の前で、瑠璃は突如として膝からくずおれた。

「し、しまった……安徳さまから借りた金、全部渡しちまった……」

「ええ、考えなしやったんっ？」

アホやわあ、と閑馬は腹を抱えて笑い始めた。

とそこに、近づいてくる者がいる。恰幅のよい男はこちらに気づくや潑溂《はつらつ》と声をかけてきた。

「おや閑馬はんやないですかっ。こらええところで会《お》うた、これから宇治《うじ》座のご贔屓《ひいき》を島原に集めて飲むんやけど、よかったらどうどす？」

宇治座は人形浄瑠璃の一座だ。どうやらこの男、閑馬の仕事の取引相手らしい。

「島原、どすか」

「何と何と、あの蓮音太夫もいらっしゃるんですよっ。男なら行かんワケにはいきまへんやろ？」

閑馬は気まずそうに瑠璃を見やる。話しかけてきた男も地面にくずおれた瑠璃に気づいたようだ。

「やあべっぴんさんやなあ、閑馬はんのお連れさんどすか？　せや、お連れさんも一緒に行きまひょ、島原、ねっ。極上の酒をたんと用意させますえ」

「いやそれはさすがに――」

「行く」

断ろうとした閑馬は目を丸くした。片や瑠璃はゆらりと立ち上がり、男の眼前に詰め寄る。

「わっちも行っていいんですか」

無表情で問う瑠璃に、男は身をのけぞらせた。

「え？　ええ、島原は女人の出入りもわりかし自由ですから。今日は宴だけでお開きにする予定ですし」

「酒代は？」

「わ、私が持ちます」

詰問も同然に聞き出すと、先ほどの気落ちっぷりはどこへやら、瑠璃は晴れやかな笑顔で閑馬を振り返った。

「よし閑馬先生、島原へ行こう。そこでぱあっと飲みなおそうじゃないか」

無料《ただ》で、と小さく付け加えた瑠璃に、閑馬は呆れ果てたような面持ちをしていた。


――これが、かの島原遊郭か……。

瑠璃は露台の上から花街の活気を眺め渡す。

三方を塗りこめの土塀で囲まれ、外側に堀が巡らされた島原には、大門の他にもう一つ西の門が設けられていた。敷地は吉原より若干こぢんまりしていると見受けられるも、通りを行き交う人々の数は吉原に勝るとも劣らない。誰もが自由に出入りできる島原は、なるほど女人に寛容な地と言えよう。

瑠璃たちが今いる露台は島原の夏ならではのものだ。瓦と土を固めて築いた、まるで高楼を思わせる露台の上には、広々とした座敷がしつらえられていた。露台の下へと目を移せば、灯籠《とうろう》の赤い火が揺らめき、松を配した瀟洒《しょうしゃ》な平庭を浮かび上がらせる。

心地よい風を受けながら、星空のもとに開かれる酒宴——これほど開放的な趣《おもむき》は吉原では味わえないだろう。

「さあ瑠璃はん、もひとつどうぞ」

「ようさん食べはるなあ。見ていて気持ちがええわ」

いかにも裕福そうな身なりをした京の男たちに囲まれながら、瑠璃はしっとりとした笑みを浮かべてみせた。

「ありがとうございます。京のお酒は口当たりが滑らかで美味しゅうございますね。ほんのり甘口で繊細で、つい飲みすぎてしまいそう」

男たちは瑠璃の微笑みを受けてうっすら頰を染めた。

河原で声をかけてきた男は、きっと見目がよい瑠璃を呼べば場がより盛り上がると踏んだのだろう。目論見《もくろみ》どおり、誰しもが鼻の下を伸ばしつつ上機嫌に酒をあおっていた。

内の一人が我も我もとばかり瑠璃に話しかける。

「さあさ、お気に召したんならどんどん飲んで食べなはれ。瑠璃さんは江戸の出なんやろう？　この桂《かつら》うりは京でしか食べれんモンや、たんと召し上がっておくれやす」

漆塗《うるし》りの膳の上には、桂うりを甘くとろとろに煮た小鉢、蓴菜《じゅんさい》のすまし汁、ふっくらとした鰻の白焼きなど、食欲をそそる旬の味覚が整然と並んでいた。杯《さかずき》に浮かぶのは酒中花《しゅちゅうか》。透明の伏見酒に和紙でできた牡丹の花が揺らめく様は、涼しげであり奥ゆかしい。

では遠慮なく、と箸を進める横顔を男は呆けた顔で眺めた。

「しかし閑馬はんもお人が悪い。こんなべっぴんと知り合いなんに、今まで俺らに黙ってたなんて」

「まあそんなことおっしゃって。京の殿方はお上手なんだから」

例に漏れず男は照れ笑いをした。昔の仕事柄、男あしらいが得意な瑠璃にしてみれば心にもないことなのだが、言葉どおり受け取ったようだ。

一方で閑馬はさも複雑と言いたげな半目で瑠璃を見ていた。

「瑠璃さんが美人なのは当たり前どっせ。何たって吉原一の花魁やったんですから」

一瞬、瑠璃は咎める目つきを閑馬に向けた。今まで人には伏せていてくれたのに、なぜよりにもよってこの場で明かしてしまうのか。

「ホンマどすかっ？　いやあ、そら納得やわ。こない綺麗な女子はそんじょそこらにやおまへんもん」

興奮気味に鼻息を荒くする男たちに、瑠璃は曖昧に生返事をする。ちらりと閑馬を見やれば、ふてくされた顔で猪口をあおっていた。男たちに愛想よくする瑠璃を見て拗《す》ねてしまったのかもしれない。

「太夫のォ、おなありぃ」

そこへやってきた幼い禿《かむろ》が、主役の登場を一同に告げた。

島原では遊女を抱える「置屋《おきや》」から宴席が設けられる「揚屋」へ、呼び出しに応じて妓を送り出す制度を取っているのだ。

全員の視線が、露台と揚屋の間に架けられた渡り廊下へと集中する。

蓮音太夫が雅やかな出で立ちを座敷に現した。黒地に種々の草花をあしらった扇流しの仕掛を、桐唐草《きりからくさ》の帯で締め、しゃなりしゃなりと裾をさばきながら歩く。まるで京の美をそのまま体現したかのような風貌だ。

泣き黒子のある細い目元がゆったりと弓なりになって、男らに妖艶な笑みを向ける。

「ささ、太夫こちらへ」

蓮音は裾を払うと毛氈《もうせん》が敷かれた上座に腰を下ろした。たおやかな所作に、座敷にいる男たちはみな目を奪われている。

瑠璃も蓮音の佇まいをつくづくと眺めた。

蓮音が動くたび、京おしろいの香りや衣裳に焚きしめたのであろう香の匂いが、風に乗ってふんわりと漂ってくる。

——羅国《らこく》に、真南蛮《まなばん》に……何だろう、初めて嗅ぐ匂いだな。

熟した桃を思わせるような、甘ったるく魅惑的な香り。島原の遊女たちが独自に香を組みあわせているのだろうか。嗅いでいると何やら頭がとろんと溶けていく感覚がして、夢心地になった瑠璃は胸いっぱいに甘い香りを吸いこんだ。

——島原一の太夫、か。皆が夢中になるのもよくわかる。前にも思ったとおり、やっぱりいい女だな。

島原への誘いを一も二もなく受けたのは、蓮音が宴に出席すると聞いたことも理由の一つだった。祇園社で見た堂々たる道中姿。何より果敢に声を張って人々を鎮め、避難させた胆力——詰まるところ瑠璃は、彼女に純粋な興味を抱いていたのである。

その時、客らと挨拶を交わしていた蓮音の瞳がつっ、と瑠璃に留まった。

「……女子のお客さんどすか。珍しい」

ぺこりと頭を下げる瑠璃の隣で、客の一人が声を上げた。

「太夫、この方は瑠璃さんといいましてね。驚くなかれ、江戸の吉原で花魁を務めてはったそうですよ」

瑠璃は密かに嘆息した。太夫の美しい姿をつまみに酒を飲めればよいと思っていたのに、これでは会話の中心にならざるを得ないのではないか。

この予感は的中した。太夫は瑠璃に目を据え、全身をしげしげと眺める。やがて微笑を保ったまま、小さな口を開いた。

「なるほど、瑠璃花魁どすね。お噂はかねがね聞いておます」

「噂、とおっしゃいますと？」

「島原にはお江戸からおいでになる殿方がようさんいはるんですが、皆さんあなたのお話をなさるんですよ。きっとお辞めになったのが寂しいのでしょう」

「……それはまた、とんだお耳汚しを」

遊郭における太夫や花魁の位は客よりも高い。島原でも同じだろうと推した瑠璃は、慇懃な態度で通すことにした。

が、不意に違和感に気づく。太夫の笑顔だ。口角が緩く上がり、一見するとにこやかに笑っているのだが、目の奥が笑っていないようにも見えた。

「瑠璃さん、失礼ですが今おいくつで」

「二十六ですが」

まあ、と蓮音は袖を口にかざした。

「驚いたわ。遊里じゃ〝年増《としま》〟と呼ばれるお歳なんに、それだけ美貌を保ってはるなんて」

――ん？

何か引っかかることを言われた気がしたが、当の太夫はこちらに向かって柔和に微笑みかけている。

「さすが高名なお方は違いますね。若さを維持する秘訣、あても後学のために教えてもらおうかしら」

他意はない、ということだろうか。考える間もなく蓮音は話し続ける。

「あてもいつかお江戸に行ってみたいものどす。せっかくなら吉原も見物に行きたいけれど、確かあすこは女子の出入りに手形が必要だとか」

「ええ、島原ほどの自由さはないですね」

「やはりそうどすか……瑠璃さんご存知？　吉原は、島原を参考にして作られた遊郭なんですって」

蓮音の言うとおり、吉原の町組みや大まかな仕来りは、先にあった島原を真似たものだ。そもそも島原は日ノ本に点在するすべての遊郭の先駆けである。

——つまり、何が言いたいんだ……？

疑問に思っていると、

「〝吉原は島原の二番煎じ〟だなんて言うお人もいはるけど、あてはそうは思いません。ただね、せっかく島原を参考にしてくれはったのなら、島原の自由さも学ばはったらよかったんに」

蓮音はそう言って、さもいたわしげに眉を八の字に下げた。

島原では楼主に許可をもらい、門番に心づけを渡しさえすれば、遊女が門の外に出ることを許されていた。妓たちは外で存分に羽を伸ばしてから、再び門の内へと自主的に戻ってくる。自由を求めた末の足抜け、不自由に絶望した末の火付け——これら哀しき事件が発生する頻度は、吉原に比べると圧倒的に少ない。

「可哀相な吉原、籠の鳥も同然の遊女たち……二番煎じや猿真似やなんて言うたら不憫でかなんわ。皆さんもそう思いませんこと？」

「まことおっしゃるとおり。蓮音太夫はお優しいなあ」

近くにいた男がおもねるように大きく頷いた。

蓮音の言うことは然《さ》もありなん——が、何か引っかかる。どことなく、含みがある気がする。

「そうやわ瑠璃さん、よければお江戸の楽しいお話を聞かせておくんなまし。例えば、せやねえ……」

「芝居の話なんかどうですやろ？」

客の提案に、蓮音はゆっくり頷いて同調した。

「ええどすな。瑠璃さん、お芝居はお好き？」

「もちろん大好きです」

ようやく話題が変わったか、と瑠璃は内心で胸を撫で下ろした。

「今はもうなくなってしまいましたが、江戸には以前、椿座という芝居小屋がありまして……」

「あても名前だけは聞いたことがおます。確か〝天下の女形《おやま》〟と称《たた》えられるお方がいらっしゃったはずでは」

瑠璃はまるで自分のことのように得意げに胸を張った。

「惣之丞という、役者兼座元を務めた男です。器量や声もさることながら舞いも一級で、虜《とりこ》にならない者はいなかったくらいなんですよ」

すると蓮音は「あら素敵」と楽しげに相槌を打った。

「けどあての記憶違いじゃなければ、その方、亡くならはったんやありませんでした？」

「……はい」

表情を曇らせた瑠璃を見て、蓮音も共感するかのように目を伏せた。

「残念どすな。それだけ人気の一座が、座元の死なんかで潰れてまうなんて」

――座元の死、なんかで？

「これが京の南座《みなみざ》やったら、後継が育つまでご贔屓筋が一丸となって支えるんやろうけど。規模や人気が違うとご有志の数も――」

「お待ちください」

とうとう瑠璃は蓮音の言葉を受け流せなくなった。椿座が畳まれることになったのは、惣之丞に子がいなかったからである。そうした背景も知らずに蓮音は決めつけで物を言っている様子だ。

つと、瑠璃は気がついた。蓮音の微笑に含まれたものを――。

嘲笑だ。

やはり思い過ごしなどではない。この女は瑠璃が吉原や椿座に並ならぬ想いを抱いているとわかっていて、ことごとく否定しようとしている。遠まわしに、じわじわと、瑠璃の大切な思い出を貶《けな》そうとしている。

「太夫、あなたは江戸に行かれたことがないのでしたね。なら、江戸の歌舞伎をご覧になったことは」

「もちろんないわ。変なことをお聞きになるんですね、瑠璃さんて」

にこりと笑う細い目が、赤い唇が、心を焚きつける。吉原で日常的に女の嫌な面に触れてきた瑠璃はともかく、他の客は蓮音の本性に気づいていないようだった。

――駄目だ、落ち着け。もしこの場を白けさせたら、閑馬先生の顔に泥を塗ることになっちまう。

心をなだめるべく深呼吸をする。蓮音はおそらく二十歳かそこらだろう。年下の女にむきになったところで、こちらが得るものは何もない。

瑠璃はできるだけ穏やかな声で言葉を重ねた。

「太夫。余計なお世話であることは重々承知の上で老婆心から申し上げますが、批評をなさる時は、ご自身の目でご覧になってからにした方がよろし――」

バシャッ。

寸の間、瑠璃は何が起きたのか理解できず唖然とした。ぽた、ぽた、と頭から雫が流れ落ちて、瑠璃の着物を濡らしていく。杯の酒をかけられたのだと気づいた時、

「何様のおつもりか知りませんが、少しは頭も冷えたでしょう」

冷たく癇性《かんしょう》な声が耳に響いた。

「元とはいえ花魁であったお方が、そない安物しか着られへんくらい落ちぶれてもうたからって、他人に当たるのはいただけまへんね」

蓮音は顎を上げ、無機質な目で瑠璃の着物を見ていた。

「あんたさんが花魁でいられなくなった理由はまあ、聞かんでもわかります。隻腕の遊女なんてとてもお客の前には出せへんもの……ああでも吉原みたァな色好みの街やったら、足を開くだけで商売できるんどしたか？」

ぷつ、と堪忍袋の緒が切れた。瑠璃の変化に気づいた閑馬が慌てて腰を上げる。

「あかん、瑠璃さんっ」

しかし時すでに遅く、瑠璃は膳を蹴散らして詰め寄るが早いか、太夫の胸ぐらをつかんでいた。

「……下手に出てりゃ好き放題に言いやがって、てめえこそ何様なんだよ。遊女の位は人間の偉さを示すものなんかじゃない。そんなこともわからねえのか」

「ふふ、頭に来たらすぐ手が出るんやね。吉原の格が知れるわ」

太夫も負けじと瑠璃を押し返す。二人がもつれあった反動で辺りの膳はひっくり返り、銚子の酒が畳に流れだした。

「瑠璃さん、気持ちはわかりますけどいったん落ち着いて」

「太夫も、そないなことしたらあきまへんっ」

閑馬を先頭に男たちが止めに入るも、

「のいてろっ。わっちとこいつの喧嘩だ」

キッ、と瑠璃は険しい目で男らを牽制した。

「離しや。さては、あての言ったことが図星やったんやね？　痛いところを突かれたからといって当たり散らすなんて笑止千万。恥を知りよし」

「てめえみたいな女に吉原の何がわかる。椿座の何がわかるっ。憶測だけで物を言いやがって、島原の太夫ってのは人の大切なモンをこき下ろすのが仕事なのか」

瑠璃は怒りが収まらない。苦い思いを幾度もしたが、吉原で過ごした日々も、椿座で過ごした日々も、今の瑠璃を瑠璃たらしめる大切な思い出であった。なぜ実状をよく知りもせぬ女子から悪し様に評されねばならぬのか。

対する蓮音も薄い笑みを浮かべたまま、瑠璃の髪の毛をひっつかむ。

「おい何しとるんやっ」

二人の間に割って入ったのは、揚屋の亭主と若い衆たちだった。

「あんたら、うちの座敷をこない滅茶苦茶にして、どない責任とるつもりや？」

見れば座敷には割れた器や猪口の破片が散乱し、酒も料理もすべて台無しになっていた。

すると蓮音が心苦しいと言わんばかりに眉尻を下げ、口を袖で覆ってみせた。

「皆さん堪忍え。あてが分不相応なお方の相手をしたばっかりに、こないなことになってもうて」

「てめえ、まだそんなことを……」

が、瑠璃は太夫の着物から手を離した。これ以上はおそらく何を言おうと暖簾《のれん》に腕押し、無為に心を消耗するだけだろう。

「あら、ようやく場違いとおわかりにならはった？　ならもうお帰りになってはいかがかしら」

「言われなくても出ていくさ。てめえの顔なんざ、見てるだけで胸糞悪いからな」

「……何を……」

蓮音の頬がぴくりと動くのを見ることもなく、瑠璃は渡り廊下へ向かって歩きだした。背中を追ってくる太夫の声は、断じて聞くまいと心に決めたからだろうか、鼓膜に封がされたかのごとく耳に入ってこなかった。

揚屋を勢いよく飛び出し、大門に向かって脇目も振らず歩く。

――何が〝分不相応〟だ、ふざけやがって……。

調子っぱずれな女の声がしたのは、その時だった。

「あらあ？　どこかで見た顔だと思ったら」

声の主は踊るような小走りで駆け寄ってきた。

「もしかして、瑠璃花魁？　ねえ、ねえったら、瑠璃花魁でしょ、ねえっ」

瑠璃は苦りきった表情のまま振り返り、

「……あんたは……どうして、島原に……」

声の正体に気づくや、驚きに目を見開いた。

六

鴨川の上流を東に越えた聖護院村。水の張られた田が鏡となって、空に浮かぶ白銀の更待月《ふけまちづき》を映している。まばゆく優雅な月の姿は、しかし、激しい波紋によって掻き乱された。

「ちっ、このままじゃ埒《らち》が明かない。飛雷、三つ又に変化を」

水田に足を取られつつ、瑠璃は声を張り上げる。

相対するのは一体の鬼女。額に突き出した角は三寸ほどの長さだ。足場が悪いのをものともせず、鬼は辺りに水しぶきをまき散らしながら瑠璃に襲いかかる。

「体を分けるには力を消耗するんじゃぞ。他人事だと思って簡単に言いおってからに」

苦々しげにぼやくのは、黒刀に変じた飛雷である。

鬼の爪が空を裂く。瑠璃の額に当たるかと思われた瞬間、黒刀の刀身が根元から割れた。

分かれた刀身は三匹の大蛇に変わる。鬼の頭と両腕に牙を食いこませる。

「ぐ……」

鬼の爪は瑠璃の眼前で止まるも、まだ白い皮膚を裂かんとして小刻みに震えている。飛雷の柄を左手のみで握る瑠璃は、圧に耐えきれず後ろに跳びのいた。

パシャ、と音を立てて水田に足を踏みしめる。

「何なんだよあの力、わっちらが押し負けるなんて……」

「四の五の言うでないぞ瑠璃。今は目の前に集中せい」

再度こちらへと駆けてくる鬼。対する瑠璃は柄をぐっと握りしめる。

鬼は水田から空中へ飛び上がり、瑠璃の頭上に爪を振りかざした。瑠璃は身を翻してかわす。左足で鬼の胸元に蹴りを入れる。同時に刀を宙に滑らせる。三匹の大蛇と化した飛雷が、鬼に食らいつかんと口を開ける。

しかし鬼は瑠璃の蹴りを受け止め、飛雷の牙をも素早く避けた。

戦いはさらに激しさを増していく。瑠璃は舞うようにして蹴りを繰り出し、黒刀を振るう。一方の鬼は攻撃の合間を縫い、瑠璃の喉元めがけ爪を突き出す。

腕力や脚力もさることながら、鬼の動きは瑠璃に匹敵するほど速い。

途端、死角にまわろうとした瑠璃の足が、ぬかるんだ水田につかまった。鬼の表情に愉悦が浮かぶ。

「しまっ──」

その機を逃さず鬼は爪を猛烈に振るった。瑠璃は身をよじりつつ黒刀を掲げる。

押し負けた瑠璃の体が宙に浮いた。盛大に水しぶきを立てて水田に落下する。水を吸って重くなった着流しの背からは、鬼の爪によって裂かれた傷口が、鮮やかな赤い血を垂れ流していた。

「痛《い》って……」

「瑠璃、構えろっ。奴め鬼哭を出そうとしとるぞ」

見れば鬼はがらんどうの口を開き、周囲の空気を吸いこんでいた。

身構える間も与えられず、辺り一帯を鬼哭の衝撃波が襲う。

──あたしが何をしたっていうの。

鬼となった女の、内からあふれ出す呻吟《しんぎん》が、波動となって空気を震わせる。

──ただ認めてもらいたくて……家族の一員になりたくて、必死だっただけなんに。もう嫌、嫌、何もかも嫌。

「くそ、頭が割れそうだ」

隻腕の体では両耳をふさぐことすらできない。瑠璃は歯ぎしりをして立ち上がる。

背中の傷から腰元にかけ、幾筋もの血が伝うのを感じた。

「これ以上は時間をかけられない。次で仕留めるぞ」

直後、瑠璃の体から青い風が立ち起こった。青の風は田に張られた水を巻き上げ、渦を作る。同時に瑠璃は駆けだした。

鬼も瑠璃に向かって走る。五歩目でまたも跳躍し、空中から瑠璃の脳天を狙う——だが空中へと飛び上がったのは鬼だけではなかった。

鬼の目線よりもさらに上に、黒刀を握った瑠璃の姿があった。

「足場が悪いなら跳べばいい。すまないが、これで最後だ」

瑠璃は黒刀の柄に力をこめると、鬼の脳天に向かい振り下ろした。

三匹の大蛇が鬼の体にしかと牙を食いこませる。勢いのまま垂直に降下し、鬼を水田に叩きつける。

鬼哭がやんだ。空中で体勢を整え、瑠璃は水田へと着地する。

立ち上がった両目に映ったのは、大蛇に食いちぎられた鬼女の体が、黒い砂となり消えていく光景であった。

鬼女の声が心に直接、訴えかけてくる。

――もう嫌。ただ生きることが、どうしてこんなに苦しいの……。

その声を生前に受け止めてやる者がいたならば、彼女の運命は変わっていたのだろうか。

「……辛かったよな。苦しかったよな。でも、もう抗わなくていいんだ。極楽浄土にはお前さんを苦しめる奴なんか、いないはずだから」

瑠璃の眼差しに見守られながら、鬼はもはや声を上げることもなく、風の中へとひそやかに消えていった。

静寂を取り戻した水田が、再び月を映して照り輝く。

瑠璃がここ聖護院村に赴いたのは、町中に出回っていた瓦版で鬼の出没を知ったからだ。

鬼の正体は、嫁ぎ先で姑にいびり続けられたのを苦に自害した女であった。夫であるはずの男も妻を庇おうとはしなかったらしい。ともあれ件《くだん》の姑も夫も、鬼となった女に殺されてしまったのだが――相次ぐ不審死をもとに書かれた瓦版は、おそらく噂や想像の産物であろう。しかしながら鬼の恨み言を思い返すに、その内容はまったくの見当外れではなかったようだ。

誰もいない水田で瑠璃はただひとり首を垂れた。

──今の言葉で、本当に十分だったのかな。

鏡のごとき水面には、懊悩する己の顔が揺れていた。

あの鬼は、少しでも安らかに逝くことができただろうか。哀しみや、憎しみ、そして怒り。それら負の感情を浮世に残すことなく旅立てたのだろうか。瑠璃は自信がなかった。

──わかってるんだ。飛雷の力で鬼は成仏できる。けど、わっちがもっと、気の利いたことを言えたなら。鬼の心を慰められるような、言葉を……。

と、瑠璃は膝をついた。

退治を終えて緊張の糸が切れたのだろう、全身のあらゆる部位が一挙に痛みを訴え始める。今しがた負った傷の痛みだけではない。祇園社の妖鬼と戦った時の打撲が未だ癒えきっていないのだ。

「これくらい、昔なら十日もありゃ完治してたのに……」

痛みに顔を歪めながら、瑠璃はその場にしばしうずくまった。

「お前、だんだん体が脆くなってきとるな。もう歳なんじゃないのか?」

「うるさいな、人が気にしてることを言うんじゃ……痛てて」

「ほう、気にしておったのか。寄る年波に悩まされるとはお前も普通の人間なんじゃのう？　いやはや、そうかそうか」

元の刀に形状が戻った飛雷は、意地の悪い声で笑っている。

飛雷の言うことは概ね的を射ていた。瑠璃は生まれながらに高い治癒力を有していたが、怪我の治りは年々遅くなっている。

龍神の宿世であっても、常人とは異なる力を持っていても、瑠璃の体は生まれてから今日に至るまで人並みの成長を遂げてきた。したがって二十六となった現在、治癒力が薄れてきつつあるのは、肉体が衰えを見せ始めている何よりの証と言えよう。

瑠璃はじとりと手の中にある黒刀を睨んだ。

「飛雷お前、そうやって笑っていいのか？　蛇の姿に戻すかどうかはわっちの心ひとつなんだが？」

「な、卑怯じゃぞ貴様ッ」

「卑怯で結構。お前はもう少し女心ってモンを覚えな」

瑠璃は立ち上がると黒刀を左肩にかけ、体に衝撃を与えぬよう慎重に帰り道を歩きだした。

「それにしてもあの鬼、やけに強かったな。おかげで随分と手間取っちまった。角も三寸と長かったし……」

背中の傷だけで済んだのは偶然に過ぎない。下手をすればもっと重傷を負っていたことだろう。

鬼の角は、強さを量る目安になる。長く太いほど、鬼が有する膂力もそれに比例するのだ。一寸の角は低級、しかし三寸の角を持つ鬼ともなれば、一人で戦うにはやや荷が重いと言わざるを得ない。

そもそも京にやってきてからというもの、現れる鬼は瑠璃が片腕でも難なく倒しきれるほどの低級ばかりだったのだ。

が、今回は違った。

「なあ飛雷、変だと思わないか?」

飛雷はうんともすんとも言わなかった。蛇の姿に戻してもらえないので臍《へそ》を曲げたのだろう。こうしたやり取りはいつものこと、無視していても聞いていないわけではない。

独り言になったのも構わず、瑠璃は左肩の刀に向かって訥々《とつとつ》と話し続けた。

「ひょっとしたらあの鬼、妖鬼の邪気に影響されちまったのかもしれない。あの、将門公の時みたいに……」

瑠璃が右腕を失う原因となった平将門。かの人が蘇った六年前、江戸に充満した怨毒は低級の鬼たちをも刺激し、彼らの力を強める要因となった。

――もし、あの時と同じことが起こってるんだとしたら……京の鬼が何者かに影響されてるんだとしたら、考えられるのは妖鬼の存在しかない。

東寺で安徳と話した後、瑠璃はもう一度、祇園社へと足を運んでみた。だが聞いていたとおり妖鬼の姿はどこにも見当たらなかった。ほか三体の妖鬼が現れた西、南、北の地へ足を向けてみるも、結果は同じ。妖鬼の影すら認めることはできなかった。

ところが四つの地に赴いた瑠璃は、背筋に悪寒が走るのを禁じ得なかった。妖鬼が暴れたと思しき跡以外に残っているものはなくとも、いずれの地にも、暗澹《あんたん》たる邪気が漂っていたからだ。息を吸うのも憚《はばか》られるほど濃密で、触れた者の心を蝕むような邪気が――。

そこはかとなく揺れる邪気を思い返して、瑠璃は唇を引き結んだ。

妖鬼の邪気が京中に影響を及ぼしつつあるという仮説が、単なる仮説でなく真実だったとしたら。この先も今しがた倒した鬼と同様、強力な鬼が出てくる可能性は否めない。

背中に新しくできた傷が時折、ずきん、と疼《うず》く。

瑠璃は我知らず顔をしかめた。

「帰ったら晒《さら》しを巻かないと……でもこの着流しはどうしよう、左手だけで繕《つくろ》えるかな。膝小僧に着流しを挟んで固定すればできなくもない、か？」

だがたとえ両腕そろっていたところで、不器用な彼女が細かな針仕事をできるかどうかは甚だ疑問である。かといって鬼退治で着る定番の黒の着流しは、この一着しか持っていないので替えが利かない。言うまでもなく、新調する金などない。

――そない安物しか着られへんくらい落ちぶれてもうたからって、他人に当たるのはいただけまへんね。

蓮音太夫の嫌味な声が頭に浮かんだ途端、瑠璃は一気に胸が悪くなった。

瑠璃の所持する着物といえば、普段着にしている赤縦縞の単衣、寝間着である蔓《つる》つき瓢箪《ひょうたん》の浴衣、そして鬼退治に赴く際の黒の着流し、この三着がすべてだ。とりあえず体裁を整えられればよいと破格の安さで購入した古着で、高級な反物を持て余していた花魁時代を思えば天と地の差である。

とはいえ瑠璃は、今の身軽さをめっぽう気に入っていた。肩肘を張らずともよい着こなしは心まで軽快にしてくれる。一方の太夫は京友禅《きょうゆうぜん》の仕掛に西陣織《にしじんおり》の帯と、なるほど見目美しく豪奢な着こなしであったが、特段、羨ましいとは思わなかった。

――安物で悪かったな。けど着物なんて究極、大事なとこが隠れてさえいりゃいいんだよ。

心の中で太夫に言い返した時。

――あなたの運勢って、相変わらず複雑なのね。

別の声が脳裏をかすめた。それは怒りに任せ島原の揚屋を飛び出した後、思いがけず再会した女の声だった。

「せ、瀬川《せがわ》さんっ？　何で、どうしてあなたが島原《ここ》にいるんですかっ」

太夫への苛立ちに思考を覆われていた瑠璃は、話しかけてきた女の顔を見て思わず声をひっくり返した。

「どうしてって、決まってるでしょ？　仕事よ仕事、わっちは遊女だもの」

声の主は吉原の中見世、松葉屋《まつばや》にて花魁を務め、「四君子が蘭」と称されていた、かの瀬川であった。

口を半開きにして固まる瑠璃に向かい、瀬川はころころと笑いかける。

「んもうびっくりしちゃった、こんなところでまた瑠璃花魁と会えるなんて。あ、わっちね、一度は京で遊んでみたいと思ってたから、島原の松葉屋に移らせてもらったのよ」

吉原にある妓楼のいくつかは京に本店を構えている。松葉屋も同じらしく、瀬川は自ら異動を願い出たのだという。

遊女の異動は楼主が決めることであって、遊女自ら見世を変わりたいと願い出ることはまずもってない。だが、この瀬川という女なら得心がいく。

「瀬川さんは変わりませんね。遊女の身でありながら自由人というか」

変人というか、と言いかけて瑠璃はぐっと言葉を呑みこんだ。

「わっちね、瑠璃花魁。またあなたに会いたいと思ってたのよ」

「もう花魁じゃありませんよ」

やんわりと訂正すれど、瀬川が改める様子はなかった。人の話を聞かないところもまた、昔から変わっていない。

「瑠璃花魁、あなたが行った最後の花魁道中……わっちも仲之町《なかのちょう》で見てたんだけど、すごく立派だったわ。あなたの歌も舞いも、すごく、すごく素敵だった」

潤んだ瞳を向けられた瑠璃は、当時を顧みて微かに口元を緩めた。胸の内に渦巻いていた怒りの感情が、淡く懐かしい思い出の光に溶けていくようだ。

「……ありがとうございます、瀬川さん」

「わっちも遊女を辞める時は、あなたのように堂々と胸を張るって決めてるのよ」

いわく、瀬川は今後の身の振り方を思惟《しい》している真っ最中らしい。瀬川も瑠璃と同じ二十六で、遊女としては潮時の年齢だ──もっとも、彼女が進退について考え始めた原因は年齢ではなかった。

「もう京に飽きちゃって」

「飽き……」

「島原は吉原と違って遊女の外出にも寛容だから、色んなところへ物見遊山《ものみゆさん》に行ったんだけどね、もう見尽くしちゃったっていうかさァ」

島原に籍を置く遊女は、条件さえそろえば長旅すらも許される。客を揚屋に放ったらかしにして桜や紅葉を見に行ったり、果ては馴染みの旦那に金を出してもらい伊勢《いせ》参りに赴いたり、といったことが遊女たちの間で流行っているというから驚きだ。

瀬川はこうした島原の制度を最大限に活用し、心ゆくまで洛中を遊びまわっていたらしかった。

「ここのところ何だか、京の水が合わない気もしてきてねえ……ほら、色んな場所で揉め事が増えてるでしょ？　島原も物騒になったものだわ。今まではこんなことなかったのに」

それはやはり、京に充満しつつある妖鬼の邪気によるものと考えられる。

「けど吉原にもっぺん戻るっていうのも能がないし、江戸でわっちを待ってくれてる上客と一緒になるか、自分で商《あきな》いでも始めようかと思ってるの」

江戸で見知った人間と京で会えたのがよほど嬉しかったのか、瀬川は喋々と話し続ける。片や瑠璃はひっそりとため息をこぼした。

――さして仲が良かったわけでもないのに、よくこれだけ近況話ができるな。もしかして仕事の鬱憤《うっぷん》が溜まってるとか？

「ところで瑠璃花魁、さっきはどうしたの？　鬼の形相で歩いてたじゃない。あっちの屋上座敷で大きな声がしたけど、もしかして何か関係が……というか何でちょっぴり濡れてるの？」

「蓮音太夫と、その、少し言いあいをしちまって」

途端、瀬川はさも興味津々といった具合に顔を輝かせた。

「うそ、蓮音太夫とっ？　瑠璃花魁、あの太夫を怒らせたのね？」

「酒をぶっかけられました」

「んまああっ。それでそれで？」

「取っ組みあいになったところで揚屋の人間に止められたので、啖呵《たんか》を切って出てきたんです」

瀬川はますます嬉しそうな顔になった。

「島原の遊女って、吉原とは比べ物にならないくらい気位が高いのよ。蓮音太夫はその最たるお人、誰より美人で肝が据わってるけど、どこか腹に一物あるって感じだったでしょう？」

瑠璃は無言で頷いた。

どうやら吉原と島原では、遊女の気質までもが大きく異なるらしい。意気と張りを何より重視し、時には頑ななまでに己の筋を通すのが吉原の妓。一方、島原の妓は万事おっとりした調子で、さすがは京の女人といったところだろうか。

だが実のところ、負けん気が強いのはどちらかと言えば島原の方だ。公家《くげ》の文化を取りこんだのが始まりである島原では、遊女も公家の出であるかのように振る舞う。形式上に過ぎないにせよ、太夫は禁裏から正五位《しょうごい》の地位を下賜《かし》されている。

島原の太夫は芸を売り、吉原の花魁は身を売る——要は「よそ様と一緒にしてくれるな」というのが島原の言い分だそうだ。

「わっちら吉原の遊女だってしこたま芸事を仕込まれて、歌人とも大名とも渡りあえるほどの知識を持ってるのに、島原から言わせれば〝教養に欠けている〟んだってさ。自分らはどんだけのものだと思ってるのかしらね？」

瀬川は相当ご立腹の様子だった。自由奔放な彼女が腹に据えかねているということは、それだけ島原の朋輩《ほうばい》たちに嫌な思いをさせられてきたのかもしれない。

「そうそう、蓮音太夫のことだけどね。ここだけの話、床技がすんんっごいらしくって、それも人気の理由なのよ」

「ここだけの話ならもっと声を落とし――」

「だから性格が最悪でも許されちゃうんだって。たとえむかっ腹が立っても歯向かうことなんて誰もできなかったのに、怒らせるなんて、あなたって最高ねっ」

瀬川が蓮音をよく思っていないことは、聞かずともわかった。

得てして京の人間は江戸の人間に妙な敵対心を抱いているらしく、太夫は江戸から来た「瑠璃花魁」を客の前で貶《おとし》めようとしたのでは、というのが瀬川の見解だ。

瑠璃は倦《う》んだ吐息を漏らした。

「骨のあるいい女だと思ったのに、とんだ腹黒女でしたよ。わっちの見る目がなかったのか……」

——皆どっかしら不安定になっとるゆうか、ギスギスしとるゆうか。

ふと、閑馬のぼやきが胸に想起された。

性悪かどうかはさておき、蓮音が毅然とした態度で祇園会の混乱を鎮めたのは事実だ。いくら瑠璃の存在が癇に障ったとしても、島原一の太夫ともあろう女が、客前であのような振る舞いをするだろうか。

だとすれば蓮音の心もまた、京に充満しつつある妖鬼の邪気に悪影響を受けたのかもしれない——東寺で瑠璃を「汚らわしい」と謗《そし》った男のように。川床でいがみあっていた者たちのように。

それにつけても閑馬には悪いことをしたものだ。今頃、喧嘩の後処理でてんてこ舞いになっているに違いない。

——こりゃ後で土下座だな……。

「何にせよ、太夫に言われたことを許すつもりはありませんがね」

「うふふ、東女《あずまおんな》と京女《きょうおんな》ってのはそう易々とはわかりあえないものよ。災難だったわね瑠璃花魁。わっちは胸がすっとしたけど——」

と、瀬川は何を思ったか瑠璃にずいと近寄り、顔を凝視し始めた。

どことなく目が、据わっているように見える。

「災難といえばあなた、顔に禍害《かがい》の相が出てるわよ？　ここで再会したのも何かの縁、わっちに見せてごらんな」

いつぞやの時と同じ展開に、瑠璃はどきりとした。

瀬川が吉原で大いに人気を博し、妓楼の異動もすんなり認めてもらえるほど甘やかされていたのは、易学という特技を持っていたからでもあった。彼女が始めようか迷っている「商い」も、おそらくは占いに関するものだろう。

返答も待たずして、瀬川は勝手に瑠璃の左手を取った。

「うーん、本当は右手とあわせて見たいんだけど、仕方ないわね……」

これは決して皮肉で言っているのではない。こうなったら瀬川が梃子《てこ》でも動かぬと知っている瑠璃は、観念して掌《てのひら》を委ねた。

「あら、前に見た因果の柵《しがらみ》が薄くなってるわ。色んなことが昇華されて身軽になったんじゃない？……でも、あなたの運勢って、相変わらず複雑なのね。また新しい奔流に呑まれかけてるみたい」

瀬川は視線をついと上げ、瑠璃の瞳をのぞきこむ。

一方で瑠璃は息を詰めた――瀬川の顔に浮かんでいたのが、「予言」をする時にのみ見せる、凄みだったからだ。

つけた者かしら」

「蜥蜴があなたに忍び寄っている……いいえ、蜥蜴そのものというより、蜥蜴に糸を

穴の開いた病葉《わくらば》が一枚、頭上にある木の枝から離れ、夜の闇を左へ右へ頼りなげに漂う。ゆらり、ゆらりとやがて己の肩に舞い落ちてきた病葉を、瑠璃は立ち止まって左手で取った。

病みついた青葉はところどころが黄白色に染まっていた。ぽつぽつと開いた穴からは、立ち尽くす己の足が垣間見える。

夜のしじまの中、瑠璃は病葉を手に表情を曇らせた。

――蜥蜴……祇園社で戦った妖鬼と考えて、まず間違いないだろうな。

まったくもって意味不明な内容にも思えるが、いかんせん瀬川の予言は当たるのだ。現に江戸にいた時も、彼女の予言がずばり現実になったことがあった。そう記憶している瑠璃にとってあの言葉は、安易に聞き流せるものではなかった。

蜥蜴に「糸」をつけた者。

――まさか妖鬼を、裏で操ってる奴がいる……？　妖鬼が地中に消えていったの

も、誰かに操られていたからなのか……。

あなたに忍び寄っている。

瀬川の予言を、瑠璃はこう解釈した。

「妖鬼を操る者」が、何らかの目的で自分を狙っている、と。

誰が、何のために――。

しかしいくら考えたところで答えが出るはずもなく、瑠璃は八方ふさがりの気分に陥った。京に来てからの半年間で誰かの恨みを買っただろうかと思い巡らすも、心当たりはない。

――糸をつけた者、妖鬼を操る者……何だってわっちに忍び寄るっていうんだ？ちっとも訳がわからねえ。せめてもう少し手掛かりがあれば……。

問題はすでに山積みだ。

年齢による衰えの兆し。京の四方に顕現した謎の妖鬼は、残された邪気から鑑みるにいずれも凄まじく強い。さらには低級の鬼までもが、妖鬼の発する邪気によって強化されつつあると考えられる。そして、もし本当に、忍び寄っている脅威が妖鬼だけでないとすれば。

——江戸に文を送りなさい。男衆を呼び寄せるんじゃよ。

胸の内に安徳の言葉がよぎった。それと同時に押し寄せてきたのは、不安だった。

——何でだろう、一人で戦うことにはもう散々、慣れたはずだったのに。錠さん、権さん、豊、栄……。

懐かしい四人の顔が思い浮かぶごとに、心細さが胸を埋め尽くしていく。

——皆に、会いたい……。

だが瑠璃は打ち消すようにかぶりを振った。

男衆に助けを求めること自体は、もしかしたら容易いかもしれない。しかし、

——それじゃ黒雲をなくした意味がないだろう。

と、己を深く戒《いまし》めた。

元より黒雲の解体を決めたのは、頭領である瑠璃自身だった。理由は簡単な話、平将門との決戦を終え、江戸から鬼の脅威がなくなったためだ。だがそれよりも瑠璃は、己を支え続けてくれた大切な同志たちに、望む人生を送ってもらいたかった。死

の危険から遠ざかった、平穏な生活を享受してほしかった。だからこそ組織の解体を決心し、一人きりで旅に出たのである。

――何を弱気になってるんだ、わっちは。

祇園社の妖鬼を倒す手立てならすでに考えてある。いつでも再戦する準備はできているのだ。

――そうさ、誰かに頼らずとも一人で乗り切る方法はきっとある。弱音を吐く暇があるなら行動するんだ。まずは妖鬼に関する情報をもっと集めて、それから……。

ガサ――。

鴨川を渡って相国寺《しょうこくじ》の近くまで来た折、右手の藪《やぶ》で気配がした。

瑠璃はぴたりと足を止める。

――誰かいる。

「ようやく気づいたか瑠璃。あそこの藪に何かおるぞ。こっちを見ておるわ」

黒刀姿の飛雷が注意を促した。

瑠璃は神経を研ぎ澄ます。飛雷の言葉どおり、藪の中にいる何者かが、息を潜めつつこちらを見ているのが肌でわかった。

今いる通りは御所に程近い。武家屋敷も建ち並ぶこの場所で騒ぎを起こせば厄介なことになるのは自明の理だ。

が、さようなことを考えている場合ではない。瑠璃はこっそりと黒刀の柄を握り直した。

自分をつけ狙うこの視線の主こそ、瀬川の予言にあった者——すなわち妖鬼を裏で操る者に違いあるまい。つかまえて正体を暴き、腹の内を吐かせるのが先決だ。

意を決して足をじりじりと地に擦った矢先、

「おうい、瑠璃さああんっ」

今宵も呑気に遊びに出かけていたのだろう、お恋が武家屋敷の屋根の上からひょっこり身を乗り出し、無邪気な声を弾ませた。

「……お恋、今は来るな。大人しくそこにいろ」

瑠璃は藪の中の者に聞こえぬよう、ひそひそと声を落とす。

ところが、

「ええ？　何て？　もっと大きい声で言ってくれないと聞こえませんようっ」

言うなりお恋は屋根から飛んだ。

「今行きま……あぁれええ」

飛ぶと同時に吹きつけた突風が、首にかかった笠に当たる。風を受けた笠は帆のようになって、狸の体をあらぬ方向へと運んだ。

「いやああん」

お恋の丸々とした体は空中で放物線を描き、やがて藪の中へと落下していった。

「ひゃあああっ。何っ？　何か落っこちてきたああッ」

「あ、お前は……」

狸の落下から程なく、藪の中から大慌てでまろび出てきた者があった。

かの妖狐だ。

「ひっ。おいらのばかばか、見つかってまうなんて、何ちゅうドジを……」

瑠璃と視線が合った妖狐はすぐさま踵を返す。

「待ってええっ」

しかしお恋の体当たりを食らい、逃走を阻止されてしまった。

「た、たた狸？　お願いや、離して」

「いやです、離しませんっ」

「でかしたぞお恋っ」

瑠璃も急いで妖狐に駆け寄る。今度は誤解されぬよう、飛雷を地面に置いて。

「なあお前、念のため聞きたいんだが、あの祇園社に現れた妖鬼と何も関係ないよな？」

「よ、ようき？」

お恋に胴体をつかまれつつ、狐はおどおどと瑠璃を見上げた。

「あのおっきい女子と、蜥蜴が合体したやつのこと？　関係というか、おいらも、殺されそうになったんやけど……」

狐の返答を聞いて瑠璃は「そうだよな」と小声でつぶやいた。

——妖が鬼を操れるはずがない。わっちはちと、気を張りすぎてたのかもしれないな。

そう内心で独り言ちると屈みこみ、目線の高さを妖狐と同じにした。対する妖狐はお恋を胴体にぶらさげたまま、姿勢を低くして身構える。

「そんなに怖がらないでくれ。きちんと礼を言いたいだけなんだ」

と、瑠璃は妖狐に向かって頭を下げた。

おびえるばかりだった妖狐の表情に、驚きが広がった。

「あの時は、助けてくれて本当にありがとう。お前がいなかったらわっちらは皆死んでたよ」

「ありがとうございますっ」

お恋も狐の胴体から離れ、深々と腰を折る。

「あ、れ……お前はん、付喪神……？」

当の妖狐は少し冷静になったのだろう、お恋が妖であることにようやく気づいたらしい。瑠璃と狸を交互に見比べ、どこか困惑している風だ。

人間と妖が一緒にいることが不思議なのだろうか。

「お恋はわっちの友だちなんだ。な、お恋」

「そうですとも。何たって毎日いっしょのお布団で寝てますからねっ」

「友、だち……」

何やら逡巡《しゅんじゅん》している妖狐に、瑠璃は急いで付け足した。

「誤解してるみたいだけど、わっちは妖に危害を加えるなんてことはしないよ」

「ねえ妖狐さん、私たちと一緒に来ませんか？　妖狐さんの左足、作れるかもって人がいるんです。ほら祇園社にいたもう一人、閑馬先生っていってね、すごおく器用な人なんですよっ」

「おいらの、足を？」

お恋の提案に妖狐は目をしばたたいた。よもや再び左足を得る手段があろうとは想像だにしていなかったのだろう。

「さあ、一緒に行こう」

しばらく考えこんでいた妖狐だったが、突然ぶんぶん頭を振ったかと思いきや、後ろに飛びすさって瑠璃と間合いを取った。

「あ、危ない、信じきってまうとこやった。人間のおるとこには行かんって決めとるんに、おいらのおたんちん……」

「何でそんなに嫌がるんだよ。お恋も一緒なのに、まだ信じられないか？」

近づこうとした瑠璃に対し、妖狐はグルルとうなり声を発して威嚇する。威勢はよいが反面、体は小刻みに震え、耳は後ろへ伏していた。

付喪神のお恋と一緒にいるのを見てもらいさえすれば、妖狐の警戒心も自ずと解けるだろう。瑠璃はそう考えていたのだが、甘かったようだ。

「お前はんを助けたんはただの気まぐれで、別に、仲良くなりたいなんてことは」

「じゃあ何で祇園会の時にわっちをつけてたんだ？」

「そっ、それはその……暇つぶしというか……とにかくもう放っといてよ……」

今にも泣きだしそうな声で言われ、瑠璃は途方に暮れてしまった。

「前にも言うたけど、おいらは人間がき、嫌いなんや。妖と仲良うしとっても、信用なんかでけへん。だから、足もこのままでいい」

これでは説得のしようがない。

「……わかった。今日のところは帰る。でも、もし気が向いたら遠慮なくおいで。いつでも歓迎するよ。閑馬先生もお前が四つ足で思いきり走れるようにって毎日、木片と睨めっこしてるんだ」

柔らかく微笑むと、瑠璃はお恋に「行こう」と促して妖狐に背を向けた。

しばらく歩いた後で、どうしても後ろが気になって振り返る。

妖狐は、すでに姿を消していた。

「はあ……やっぱ人が怖いみたいだったな」

飛雷を地面から拾い上げ、重い足取りで帰路を辿る。

――人間なんて大っ嫌いっ。

――妖と仲良うしとっても、信用なんかでけへん。

あんなことを言う妖と接するのは初めてのことだった。瑠璃が今まで出会ってきた妖たちは、概して人間に好意や憧れを抱く者ばかりだったのだ。

初対面の時の印象が悪かったというのもあろうが、妖狐の人間に対する猜疑《さいぎ》心《しん》は、それだけでは説明がつかないように思える。

「きっと左足のことと関係があるに違いない。詳しいことがわかれば解決できるかもしれないけど、あの調子じゃ聞いてもすんなり答えてくれなそうだし」

なあお恋、と隣を見やる。

だが狸の姿はそこになかった。

「えっ何で、今さっきまでここに、お恋っ？」

「向こうへ走っていったぞ。お前がぶつくさ言うとる間にな」

「だああもおおおッ」

夜が間もなく明けようとする寅の刻、まだ人々が寝静まる京に、瑠璃の咆哮《ほうこう》がこだました。

七

竹でできた鳥籠の中で、雀が小さな歌声を響かせている。

鏨《たがね》や玄能《げんのう》など、閑馬の仕事道具を左の指でこすりあわせるようにして磨いていた瑠璃は、しばし手を止め、鳥籠に見入る。そのうち雀は羽を広げ、パタ、パタと羽ばたく仕草を見せた。

「かなり元気になってきたな。閑馬先生も見てみなよ」

「おお、ホンマどすなあ」

閑馬も彩色の作業を中断し、竹の鳥籠に目を留める。

先日、瑠璃と蓮音太夫が引き起こした喧嘩騒ぎは、閑馬が揚屋に平身低頭で詫びを入れたことでどうにか決まりがついていた。蓮音が籍を置く白浪楼も責任を感じたらしく、酒器などの弁償代は白浪楼に、そして閑馬は、島原をしばらく出禁となった。

己の責を閑馬にばかり被せてしまう結果になり、瑠璃はどれだけ謝罪をしてもし足

りなかった。そんな瑠璃に閑馬は、

――正直、瑠璃さんにも非があると思います。太夫の胸ぐらをつかんだんやから……でも先にちょっかい出したんは太夫の方や。あない棘《とげ》のある言い方をされて酒までかけられたら、誰かて頭に来ますよ。

と、瑠璃の肩を持ってくれた。そうは言っても仕事の付き合いにかこつけて島原へ行けなくなったことに、気落ちしているのは隠しきれていなかったが。

「この感じやったらもう問題なく飛べそうですね。明日にでも鳥籠から出してあげまひょ」

閑馬は安心したように頬を緩める。

羽を怪我してしまった雀は閑馬が添え木をし、瑠璃とお恋が代わる代わる世話をしているうちに生気を取り戻していた。

「ふふ、あんまり慌てるなよ、また怪我しちまうぞ？」

瑠璃は身を乗り出して鳥籠の中に話しかける。すると横でとぐろを巻く飛雷がぼそりと口を開いた。

「雀よ。空よりも、我の腹の中に飛び立つという手があるぞ」

「お前はまだ諦めてなかったのか」

「南の伏見稲荷には〝すずめ焼き〟なる名物があるというではないか。人も雀を食らうのに、我が食って何が悪い？」

「そういうことじゃないんだよ」

黒蛇を諫《いさ》め、瑠璃は視線を後ろへ投げる。

「なあ閑馬先生、この雀を空に放つ時には甚太も呼ぼうよ。元気になったのを見たらきっと喜ぶぞ」

何の気なしに言ったのだが、なぜだか閑馬の瞳がさっと陰った。気づいた瑠璃は後ろへと体を向ける。

「あのさ、前に思ったんだけど、あの子もしかしてどこか悪いのか？　何だか顔色が悪かったし」

「……はい。甚太は、一年前から労咳《ろうがい》を患ってもうて、その」

口を濁す閑馬を見て、瑠璃は合点がいった。

労咳は気鬱の病だとか血筋が関係していると捉えられがちだが、実際には他者にうつす可能性のある病だ。昨今、明晰な医者の中にはその可能性に言及する者も少なく、おそらくは甚太を診察した医者も新たな感染者が出ることを懸念していたのだろう。だからこそ童子は、両親から外に出てはいけないと言い聞かされていたのだ。

ゆえに甚太を閑馬の家に招きたいと申し出てみたところで、彼の両親が首を縦に振ることはないはずだ。

「ならわっちが明日、甚太の家に鳥籠を持ってくよ。それで雀が飛び立つのを一緒に見届ける」

「でも、瑠璃さん」

「わっちは昔から体が強くてさ、風邪もほとんど引いたためしがないんだ。だから何とか親御さんを説得してみせるよ。大丈夫」

にっこり断言する瑠璃の顔を、閑馬は心なしか切なげに見つめ、ややあって話題を変えた。

「……そういえばお恋は、いつになったら帰ってくるんでしょう。もう三日は経ちますよね」

「ああ、そのことなら心配無用さ。あいつならもうじき帰ってくると思うよ」

もの問いたげな顔をする閑馬に、瑠璃は悪戯《いたずら》っぽく笑ってみせた。

お恋が今何をしているのか、大体の見当はついている。ここは下手に動かず帰ってくるのを待つ方が得策だ。

「実はさ閑馬先生。ここ最近、誰かに見られてる感じがしてたんだけど、何とそれがさ——」

「瑠璃さんも？　実は俺も、ずっと誰かの視線を感じとったんです」

「えっ？」

驚いた瑠璃は意図していた話も忘れ、閑馬の方へと膝を進めた。

「そりゃ本当か？　いつ？」

「いっちゃん最近は三日前ですよ。瑠璃さんが鬼退治に出かけた後、明け方前やったかな、なかなか寝つけんくて布団の中で考え事をしとったんです。そしたら家のまわりで足音がするんを聞きまして」

人が出歩くような時間帯ではなかったため怪しく思った閑馬は、足音の主を確かめるべく外に出てみたという。しかし、家の周囲には誰もいなかった。

——どういうことだ？

相国寺から閑馬の家までは距離がある。視線の正体だと思っていた妖狐はその時分、瑠璃と同じ場所にいたのだ。

眉根を寄せる瑠璃に向かい、飛雷が「それみろ」と舌を出した。

「我の言ったことが正しかったであろう？　祇園会で感じた妙な気配も、東寺で感じた気配も、あの妖狐とは別物じゃよ」

「なら誰が……」

と、瑠璃は言葉を止めた。

――糸をつけた者。

やはり誰かが、何がしかの悪意を持って自分をつけ狙っている。そして自分と親しくする閑馬の行動をも監視している。

監視だけならまだよいが、

――もし、閑馬先生に危害を加えようとしてるんだったら……。

そう考えを巡らせた時、玄関の引き戸がガラリと開けられる音がした。

「瑠璃さん、閑馬先生、ただいまあっ」

「お恋っ。よかった、無事に帰ってきて」

閑馬は心底ほっとしたように顔をほころばせる。が、お恋とともに入ってきた者を見るやたちまち目を点にした。

「お、お邪魔しますぅ……」

上目づかいに閑馬を見るのは、妖狐であった。

「やっと帰ってきたかお恋。お前も、よく来たな」

妖狐はどこか気恥ずかしそうに瞬きをしている。今なお状況が呑みこめていない閑馬に、瑠璃は事の次第を説明した。

お恋はあの後、妖狐を追いかけていったのだ。心優しい付喪神は同じ妖である身として、三つ足の妖狐を放っておけなかった。そうして懇々と説得を重ね、彼を閑馬の家まで連れ帰ってきたのである。

「ごめんな閑馬先生。びっくりさせたくて黙ってたんだ」

次いで狸に水を向ける。

「お前のことだから、必ず妖狐をここまで連れてきてくれると思ってたよ。ご苦労さん、お恋」

「えへへぇ」

瑠璃の労いにお恋は照れ笑いを浮かべていた。一方で閑馬も納得したように狸と狐を交互に見た。

「そかそか、そういうことやったんか。優しいなァお恋。ならさっそく、木の足を装着し――」

「さ、さささ触らんといてえっ」

叫ぶなり妖狐は腰を低くし、威嚇の姿勢を取った。ぎょっとした閑馬が手を引っこめる。

「お恋、説得できたんじゃなかったのか？」

「う―んそれが、とりあえずお家に来るのはいいって言ってくれたんですけど、人のことはまだ怖いみたいで。ね、宗旦《そうたん》ちゃん」

妖狐の名は宗旦というらしい。妖のお恋だからこそ聞き出せたのだろう。

どうやら妖狐はお恋を信用しているようだが、他方で瑠璃や閑馬のような人間のことは、信じてよいものかどうか未だ迷っている様子だ。

「そーたん？　なんや可愛らしい響きやなあ」

「ば、馬鹿にするん……？」

「いやいやちゃうて。しかし宗旦て名前、どっかで聞いた気が」

少し間を置いて、閑馬は「あっ」と声を発した。

「もしかして、相国寺の宗旦狐か？」

「知ってるのか閑馬先生」

「ええ、京にはこんな語り草がありましてね。昔々、相国寺に、人に化ける狐が現れたと……」

それは、二百年ほど前の物語――。

ある日の相国寺を、千宗旦《せんのそうたん》と名乗る青年が訪れた。千宗旦といえば茶道の祖、千利《せんのり》休《きゅう》の流れを汲む茶人である。その日は宗旦が主催する茶会が開かれる日だったため、和尚は彼を何の疑いもなく寺内に招き入れた。

門弟たちも一堂に会する茶会で、宗旦は見事な点前《てまえ》を披露した。和尚は元より門弟たちも「さすがは師」と惚れ惚れするほどの、流れるような所作であったという。

しかし茶会が滞りなく終わり、宗旦が相国寺を辞去した直後、残った和尚たちは泡を食った。何と今ほど帰ったはずの宗旦が、茶会に遅れたことを詫びながらやってきたのである。

仰天しきりの和尚だったが、「偽の宗旦」の正体に心当たりもあった。相国寺の藪に棲まう一匹の狐だ。獣にしてはやたら聡明な眼差しで、あたかも人を観察するかのように境内を見つめる狐の姿を、和尚は幾度となく見かけていたのだった。

狐につままれる、とはまさにこのことか。だが狐は決して悪さをするため宗旦に化けたのではない。純粋に人と触れあいたかっただけなのだ。そう得心した和尚は狐を「宗旦狐」と呼び、彼を傷つけることのないよう門下の僧侶たちに言い聞かせた。

それからというもの、人に化けた宗旦狐は事あるごとに相国寺の境内を訪れ、和尚と碁《ご》を打ったり、時には僧侶たちの力仕事を手伝ったり、またある時は雲水《うんすい》の横で一緒に座禅を組んだりと、自由気ままに過ごしていたという。狐は人の言葉を理解していたが、恥ずかしがり屋なのか喋ることはほとんどなかった。ゆえに接する者たちはみな正体を指摘することなく、気づかぬふりをしてやったそうだ。力持ちな妖狐も自ら進んで人間を助けた。

こうして人と妖という隔たりを超え、両者は慈しみあい、持ちつ持たれつの関係を築いていた。

「それが何で、人間を怖がるように？」

閑馬の語りを傾聴していた瑠璃は、ふと宗旦の前足を見やって口を噤《つぐ》んだ。

「……そ、そん時の和尚さんたちがいなくなってもうた頃から、相国寺の人らは何でか、おいらを無視するようになって……」

話を引き取ったのは意外にも当の宗旦であった。自身の過去を閑馬の口から聞く中で、ようやく話す気になったのかもしれない。

「おいらがどんだけ話しかけても、ちょっかいを出しても、みんな振り向きもしてくれへんのや。おいらがそこにいるって、絶対に気づいとるんに」

狐としての実体がある宗旦は、妖を見る力のあるなしに関係なく万人に視認されるはずだ。されど時代を経るにつれ妖への理解を示す者が減っていったためか、彼と遊ぶ者は、誰ひとりいなくなってしまったのだった。

それでも宗旦は人が好きだった。かつての和尚たちとともに遊び、笑いあった日々を忘れられなかった。相国寺の者たちが変わってしまったのなら、よそで遊び相手を探してみよう。そう考えて京をまわってみたものの、結果は、相国寺と大差ないものであった。

――こいつはずっと、独りぼっちだったのか。大好きな人間に無視され続けて、ずっと寂しい思いをしてたんだな。

うなだれる妖狐の心中を思うと、瑠璃は胸が詰まった。

そんな宗旦を昨年の冬、事件が襲った。

「雪のようさん積もった鞍馬街道に、人間の男が、うずくまっとったんや」

過去を振り返る宗旦の声は、どこまでも沈んでいきそうなほど暗かった。

男の曲がった背中を見て宗旦は、自身と同じだと思ったそうだ。

あの男も自分と同じ、独りぼっちなのではないか。うずくまったまま動かない男が心配になり、宗旦はおそるおそる声をかけてみた。すると、

「こっちを振り向いたかと思うたら――そ、その男、いきなりおいらの前足を切ったんや」

閑馬と瑠璃は同時に眉をひそめた。

「何ちゅうことを……そら辻斬りも一緒やないか」

「その男はどうしてそんな真似を」

「理由なんてわからへん。とにかくこのままやと、こ、殺される思うて、死に物狂いで逃げたから」

声を震わせ、宗旦は自身の前足を守るように身を縮こめた。

ただ、声をかけただけなのに。ただ男の背中が寂しそうに見えて、どうしたのかと尋ねただけなのに——その出来事があって以後、あれだけ無視されようと変わらなかった人間への印象は、一変した。

「人間が、怖い。人間は卑怯や。何でおいらが見えとるんに無視するん？　何で話しかけただけで切りつけるん？　おいらにはわからへん。わからへんから、怖い。怖くて怖くて、どうしようもなくて」

ぽつ、ぽつと落ちる涙が、畳を湿らせていく。

「ねえ、教えてよ。おいら、何か悪いことした……？」

声を押し殺すように泣く宗旦の姿を見つめ、瑠璃は顔を伏せた。

宗旦の前足を奪った男は妖を傷つけることに何の抵抗もなかったのだろうか。

妖とて、生きているのに。

――人は、人と接する時にはいい顔をしたがるくせに、人以外の生き物なら邪険にしてもいいって思いがちなんだよな。人より妖の方がよっぽど無害で、裏表だってないのに……。

不意に、瑠璃は答えを得た気がした。

京の人々に異変が生じ始めた、本当の理由を。

――そうか。邪気にはたぶん、人の〝本性〟を炙《あぶ》り出す働きがあるんだ。

京の人間は腹の内を隠したがる。妖鬼の邪気に悪影響を受けているというよりか、おそらくは元から、あった暗い感情や攻撃性が、邪気であらわになっているのだ。だからこそ諍いが頻発するようになった。

――きっと人は誰でも多かれ少なかれ、醜い一面をひた隠しにして生きている。他人には言えない秘密とか、打算、悪意……拭いきれない罪、とか。

滝野一族への罪悪感を秘め続けている瑠璃自身もまた、例外ではない。

そしてこれらの隠し事はどれも妖にはないものだ。

人の内に潜む邪悪さを、宗旦は身をもって知ってしまった。世の中にいる人間が優しい者ばかりではないと気づいてしまった。

信じていたぶん、裏切られた心地になっただろう。

「……宗旦。辛いだろうに話してくれて、ありがとな」

瑠璃は畳から視線を上げ、静かな口調で語りかけた。

「人を恐れるようになるのも無理はないよ。疑うのも当然だ。その前足を見るたびに、痛みも哀しみも思い出しちまうだろうから」

さりとて瑠璃は悟っていた。

祇園社で窮地に陥った瑠璃たちを救ってくれたことも然り、お恋の説得に応じてここへやってきたことも然り、宗旦が前足を切られた事件を経てもなお、心の底では人間が好きなのだと。

人間を、信じたいと思う気持ちが捨てきれないのだと。

「……なあ。もう一度だけ、人を信じてみないか」

宗旦は涙の溜まった瞳を瑠璃に向けた。

「でも、でも――」

妖狐の瞳に浮かんでいるのは戸惑い、葛藤、恐怖――言葉には尽くせぬ様々な思いだろう。瑠璃はそれらを感じ取って目尻を下げた。

「わっちは妖が好きだ。いつだって陽気で、どこまでも純真な妖といると、どんなに心がささくれ立ってる時だってほっとするんだ……今までわっちは妖にたくさん支えられてきた。妖がいてくれたから、辛いことも乗り越えてこられた」

隣のお恋に目をやる。

胸の内で江戸の妖たちを思いながら、瑠璃は視線を戻した。

「だから妖が泣いたり悲しんだりしてるのを見るのは、とてもじゃないが堪えられない。妖を傷つける奴もおいそれとは許せない。宗旦、もしまたお前を傷つける人間が現れても、何も心配しなくていい。お前を傷つける奴は誰であろうとわっちが叩きのめしてやるから」

「な、何で、そこまで言うてくれるん?」

なぜと問い続ける狐に向かい、瑠璃は素直な気持ちを明かした。

その場しのぎとは違う、嘘偽りのない本心を。

「そりゃお前と友だちになりたいからさ。いや、お前が嫌って言っても、わっちとお前はもう友だちだぞ? 今そう決めた」

にしし、と白い歯を見せる。

「友、だち」

やがて瑠璃の言葉に他意はないと気づいたのだろう、宗旦の目から大粒の涙があふれ出した。

「おいらと、友だちになってくれるの……？」

しゃくり上げ始めた妖狐に、今度はお恋が声をかけた。

「ね、宗旦ちゃん。私の言ったこと、本当だったでしょう？　この人たちのことは信じても大丈夫。私が保証しますよ」

ポンと腹鼓を打ってみせる。

狸のおどけた仕草が決め手になったのか、妖狐の抱いていた恐怖心が、とうとうほぐれた。

「うん……うん。おおきに、お恋はん。おおきに、人間のお嬢さん」

泣きながら頷く宗旦の、山吹色の毛並みを瑠璃は優しく撫でた。

「わっちのことは瑠璃って呼んでくれ。そんでもってこっちの鼻水垂らしてるのは閑馬先生」

横にいる閑馬を目で示す。閑馬はただでさえ垂れがちの目尻をさらに下げ、口をへの字に曲げて、宗旦と同じくらい涙を流していた。

「そないな紹介の仕方がありますかッ。でもホンマによかった、よかったなあ宗旦。これからよろしゅうな」

安堵したように何度も宗旦の名を呼ぶ。閑馬もまた、祇園会で出会った時から妖狐の身をいたく案じていたのだった。

「ええか宗旦。俺も瑠璃さんも、お前さんの味方やで。絶対にお前さんを傷つけたりせえへん」

「ホンマに？　ホンマに、約束してくれはる？」

「ああ約束する。せやさけこれからはたくさん俺らを頼り。お前さんはもう独りやないんやからな……これも約束できるか？」

宗旦はこくこくと頷いた。

「……うん、うん。約束や」

約束——。

途端、瑠璃は予期せず胸を衝《つ》かれた。

耳に蘇ったのは、江戸を発つ際、男衆と最後に交わした言葉であった。

——約束だよ瑠璃さん、困ったことがあったら必ず俺たちを頼ってね。どこであっても何があっても、すぐに駆けつけるから。

いつの間にやら太陽は沈み、京の空は濃紺と紫がまじった逢魔《おうま》が時《とき》を迎えていた。蜩《ひぐらし》の侘しげな声がどこからか聞こえてくる。

「お恋、台所《おくどさん》から適当な笊《ざる》を持ってきてくれるか？」

「あいや承知なのですッ」

閑馬は宗旦につける木の足を準備すべく二階へ向かった。お恋も笊を抱え、手伝いをせんと鼻歌まじりに階段を上がっていく。

肝心の宗旦はといえば、張り詰めていた気持ちがほぐれたためか、うつらうつらと船をこぎ始めていた。二百年ぶりに人の体温に触れて安心したのかもしれない。瑠璃は妖狐の下に座布団を敷いてやり、体を撫でて寝かしつける。

――約束……か。

宗旦の安らかな寝顔を見つつも、心はいつしか、己が今置かれた現状へと馳せていった。

いずれ起こるであろう「妖鬼」および「彼らを操る者」との戦い。本心では、それらを一人で乗り切るのが困難だとわかっている。

しかしながら瑠璃は躊躇していた。

――やっぱり駄目だ、皆を京に呼ぶわけにはいかない。今あの四人には、それぞれの生活ってモンがあるんだから。

異なる道を歩むことになった黒雲。五つに分かれた道を再び一つに戻すことが果たして、正しい行いなのだろうか。彼らの生活を壊してまで、己の道につきあわせることが——。

自問を重ねるほどに、不安は大きくなっていった。

頼るという選択肢を捨てきれないのは、元頭領としての傲慢かもしれない。黒雲は過去のものであり、今は存在しない。したがって男衆には自分の命に従う義務がない。自分が彼らに命じる権限も、もはやないのである。

——それでも皆は……皆は優しいから、きっとわっちを助けようとしてくれるだろう。けど、いくら約束したからってその優しさに甘えたら……。

「やれやれ。お前はここに至ってもまだ、うじうじと悩んでおるんじゃな。宗旦には〝信じろ〟と言うたくせに」

「へっ？」

唐突に言われ、瑠璃は飛雷へと視線を移す。心の中だけで思案していたので、声には出していないはずだ。

ところが黒蛇は、瑠璃の胸中にあるものを知っていた。

「たわけ、我とお前が一心同体であることを忘れたか？　不愉快なことこの上ないが、我とお前の魂は、今も密に繋がっとるんじゃぞ。お前が考えておることなんぞ筒抜けよ、筒抜け」

「な、嘘だろ、いつから？」

「ずうっと前、最初っからじゃ」

さらりと告白した飛雷とは反対に、瑠璃は絶句していた。今まで胸中に秘めていたつもりのあれやこれやが飛雷に伝わってしまっていたのだ。穴があったら入りたいとはこのことである。

瑠璃は顔中がかあっと熱くなるのを抑えられなかった。

「お、ま、何で、今まで黙って……」

「あえて黙っておったわけではない。お前が気づいておらなんだことに我とて驚いたわい、鈍感めが」

とはいえ、飛雷の心の声は瑠璃には聞こえない。それを問うと、

「龍神たる我の心は極めて複雑じゃからな。人間のお前がそう容易く聞けると思うな」

——単に何も考えてないだけじゃねえか。

「おいっ、無礼じゃぞっ」

どうやら心の声は本当に、飛雷に通じているらしい。祇園会で閑馬に言い寄られて困っていた時も、案外、黒蛇は瑠璃に助け舟を出さんとして声を発したのかもしれなかった。

細い蛇の目を怒らせていた飛雷であったが、ひたと、改まったように瑠璃へ目を据えた。

「……瑠璃。もしもの話じゃが、お前はあの四人に頼られたら、迷惑だと思うのか」

「迷惑だって？　馬鹿を言え、そんなわけないだろう」

心外とばかり声を大きくした瑠璃に対し、飛雷はさらに問いを重ねた。

「ではもし、あやつら男衆がお前に黙って、何か危険なことを為そうとしておったら？　お前ならどう反応する」

「そりゃあ……必ず助けに行くさ。その後はどうしてわっちを頼らない、って怒るだろうな」

と同時に、自分では頼りにならないのかと、寂しく思うに違いない。

「それと同じじゃろうて」

あっさり言うと飛雷は口を閉じた。一方、急に問答を断たれた瑠璃は黒蛇を不審げに見つめ――やがてすとん、と腑に落ちた。

四角く凝り固まっていた思考の角が取れ、柔らかく揉みほぐされていく感覚を、しばし黙想しつつ味わった。

「……わかったよ」

同志を思いやることと、意地を張ることとは別だ。

「もし皆と逆の立場だったらなんて、考えてもみなかった。飛雷、お前の言うとおりだ。宗旦に偉そうなことを言えたクチじゃなかったな」

もっと柔軟に視野を広げ、先々を見据えなければ大事を為すことはできない。今の状況で己ができることは何か。京の変事と向きあうために、何をすべきか。

答えは一つだ。

「明日の朝一番に、飛脚問屋《ひきゃくどんや》へ行くよ。ありがとな飛雷」

「礼なぞいらん。お前が一人で戦うということは、それだけ我に負担がかかるということ。我はただ、それが嫌なだけじゃ」

どこまでも素直でない黒蛇に、瑠璃は思わず片笑んだ。

その時、玄関口の方から、

「おねえちゃん、そこにいる?」

ささやくような子どもの声がした。

「え、甚太か？　何でこんな時間に……」

「ねえ、遊ぼうよ。おねえちゃん遊ぼう」

瑠璃は腰を上げて急ぎ玄関へと向かう。いつもは自分から家の中に入ってくるにもかかわらず、甚太は瑠璃が引き戸を開けるのを外で律義に待っていた。

「聞いたよ甚太。病に罹っちまったんだってな。こんな遅くに家を抜け出してきたら、親御さんに叱られっちまうぞ」

甚太は何も言わず家の中へと入ってきた。瑠璃の横を俯き加減に通り過ぎ、まっすぐに作業部屋へと足を向ける。

「なあ、わっちが家まで送ってってやるから、今日のところはお帰り……って聞いてるのか。甚太？」

少年の顔色は前に見た時よりも明らかに悪い。頭からは汗のようなつんとした臭いがしている。

――病状が芳《かんば》しくないのかもしれないな。湯浴みも満足にできないくらいに……。

「そうだ甚太、そこの鳥籠を見てごらん。お前さんから預かった雀、こんなに元気になったんだよ」

童子の心がほんの少しでも明るくなればと思い言ったのだが、甚太は鳥籠に見向きもしない。

代わりに座布団の上で眠る宗旦へと、虚ろな目を注いでいた。

「きつねだ」

「あ、ああ、前足を失くしちまったみたいでさ、閑馬先生に木の足を作ってもらうことにしたんだよ」

きっと甚太はどこにでもいる普通の狐だと思ったのだろう。喋らなければ、宗旦が妖であるとは気づかれない。

「さあ甚太、もうそろそろ帰ろう。親御さんが心配して――」

ガラガラン、と硬いものが落ちる音。瑠璃は廊下を顧みた。

二階から降りてきた閑馬が、廊下で棒立ちになっている。木片や道具を落としたことも気に留めていないようだ。

閑馬は顔面蒼白になり、瞳には、恐慌の色が差していた。

「あかん、離れろっ」

引きつった声で叫んだ瞬間、甚太は火がついたように宗旦の首根っこをつかんだ。思った幼子とは思えぬ腕力で妖狐を引きずり、瑠璃を突き飛ばして玄関へと飛び出していく。

「な、何や、離してっ」

目を覚ました宗旦が悲鳴を上げる。瑠璃は訳がわからぬまま甚太の後を追った。

胸が、ざらついてたまらない。何が起きているのか。なぜ、こんなにも心が騒ぐのか。心の臓が早鐘を打ち、口の中が急速に渇いていく。

通りへと飛び出した途端に、瑠璃は息を呑んだ。

甚太は向かいの屋根の上からこちらを見下ろし、ニタニタと薄ら笑いを浮かべていた。無理やり引きずられた宗旦は、途中で体を打ってしまったのか、ぐったりと意識を失っている。

「どうして、甚太」

呆然と立ち尽くす瑠璃の隣で、同じく表に出てきた閑馬が声を震わせた。

「甚太、お前がここにおるはずがないんや。お前は……お前は三日前に、死んでもうたんやから」

「何だって」

「すまん瑠璃さん、怪我をしたあなたに心労までかけられんと思って、言い出せなかったんです。甚太は三日前、あなたが鬼退治に行ったあの夜に、亡《の》うなってもうたんや」

つまり今、目の前にいる幼子は生者ではない。

甚太は死して鬼になってしまったのだ。

「ギ、ギギ」

甚太の額からめきめきと音を立て、小さな角がせり上がってくる。眼球が溶けて、見る間に落ち窪んでいく——と、強く歯ぎしりする音が聞こえてきた。

苦しげに歪む口元から途切れ途切れに声が漏れる。子鬼の様相はまるで、目に見えない力に抵抗しているかのようだった。

「ギ、ギオ……祇園社まで来い……ココ、コ、イ」

「まさか」

今の言葉は間違いなく自分に向けられたもの。何者かが甚太の体を操り、声を使って、自分を祇園社に呼び寄せようとしている。

「待て、その狐を離してくれっ。そいつは何も関係ない」

瑠璃の訴えも空しく、甚太はくるりと背を向けるや、宗旦をつかんだまま屋根伝いに東へ行ってしまった。

「くそっ。飛雷、刀になれ。祇園社まで走る」

「瑠璃さ……」

「閑馬先生はお恋と一緒にここにいてくれ」

そう告げるが早いか、瑠璃は黒刀になった飛雷の柄を握りしめ、通りを一目散に駆けだした。

八

祇園社に着く頃には、時刻はすでに夜五ツを越えていた。

下弦の月が闇夜に浮かび、やや赤みがかった光で境内を照らしている。

「宗旦っ」

息せき切って階段を駆け上がろうとした瑠璃は、前方にそびえる西楼門を目にするや急停止した。

甚太は楼門の瓦屋根に立っていた。傍らには気を失ったままの宗旦の姿。が、幸いにもまだ息はある。

瑠璃は西楼門に向かって再び駆けだした。楼門の上に登れないかと辺りを見渡す。そうして右方へと視線を巡らせた時、首筋に冷たい汗が伝った。

目に飛びこんできたのは、大きな影が屋根を伝い、楼門へと物凄まじい速度で這ってくる様であった。

四つ足で屋根を踏みしめ、体躯を妖しげにくねらせる異形。

──妖鬼だ。

大女と蜥蜴の融合体である妖鬼が、楼門を見る見るうちに這い登る。瑠璃は駆け通しの足に鞭を打ち、心の臓が爆《は》ぜんばかりに急ぎ走る。

瞬間、女の口がガパ、と大きく開かれた。鬼哭を発するためではない。

そう気づいた時には遅かった。

「やめ──」

このまま走ったのでは間に合わない。瑠璃は飛雷を前にかざす。呼びかけに応え、黒刀の刃が三匹の大蛇に変わる。

だがその間に、女の口は、頭から甚太に食らいついた。甚太は抵抗する素振りを見せなかった。

しかし、

──痛い、痛いよ。おねえちゃん、おねえちゃ……。

肉を食む咀嚼音。ごき、ごきんと骨が砕《は》かれる音。瑠璃は言葉を失い、甚太が妖鬼に食われていくのをただ、見ていることしかできなかった。

幼子を食らい終えた妖鬼の顔が、ちら、と宗旦に向けられる。

大蛇の体は伸長し、楼門の上にいる妖鬼へと牙を剝く。嚙みつかれた妖鬼はけたたましい女の悲鳴を上げた。

大蛇が一匹、向きを変えて宗旦に近寄る。首の後ろをそっとくわえる。そのまま瑠璃の足元へ向かって収縮し、狐の体を地面に横たえた。

「宗旦、おい宗旦しっかりしろっ」

「う、う……瑠璃、はん……」

狐は薄く目を開けた。見たところ大きな怪我はないようだ。だが左腕に飛雷を握っているため、瑠璃は宗旦を抱えることができない。

「宗旦、悪いがお前を庇いながら妖鬼の相手をするのは無理だ。ここはわっちが食い止めるから、走って閑馬先生の家まで行くんだ」

宗旦はふらつきつつも立ち上がった。何度も振り返って不安げに瑠璃を見ていたが、そのうち意を決したように西へと走りだす。

祇園社には瑠璃と妖鬼だけが残された。

「く……、こいつ、何て力だ」

大蛇に嚙みつかれた妖鬼は、しかし、次第に大蛇ごと瑠璃を押し返し始めていた。

「飛雷っ」

瑠璃はやむなく元の形状に戻るよう飛雷に告げる。

大蛇がふっと力を抜き、勢い余った妖鬼は瓦を踏み外す。西楼門の屋根から転がり落ちる。

その隙に瑠璃は楼門をくぐった。間を置いて追ってくる妖鬼。女の爪がかざされる。瑠璃が右に急旋回すると、曲がりきれなかった妖鬼はまっすぐ舞殿に衝突した。

「何なんだよあの速さはっ。これじゃ体勢を整える暇もねえ」

「建物を利用して翻弄するしかなかろうな。言っておくが瑠璃、社を壊さぬよう気を遣っている余裕はないぞ」

瑠璃は近くにあった神楽舞台へ飛びこむ。舞殿から切り返してきた妖鬼も舞台に這い上がる。

女の腕が、宝珠形の板で装飾された鼉太鼓《だだいこ》を殴り壊す。蜥蜴の足が鉦鼓《しょうこ》や箏《そう》を蹴散らす。太い尾を振りまわし、優美な松が描かれた壁を無残に叩き壊す。一方で瑠璃は、猛攻を掻いくぐって神楽舞台から飛び出した。

息つく間もなく境内の西へ走る。小さな大国主社の屋根に飛び乗る。すかさず妖鬼も飛び上がり、蜥蜴の四つ足を屋根に食いこませる。

すでに隣の社に飛び移っていた瑠璃は飛雷を構えた。が、妖鬼が跳躍するのを見て攻撃を断念し、次の社に飛び移る。次の社、そのまた次の社――疫神社の屋根に飛び移った瑠璃は、ついに反撃の機を見出した。

妖鬼の踏みしめた社が、おそらく柱が脆くなっていたのだろう、重みに耐えきれず崩れたのだ。

「今だ。飛雷、あの作戦をやるぞ」

瑠璃は黒刀の柄を口にくわえると、帯に挟んであった小箱を取り出した。中に入っているのは練り毒――遠い昔、京に現れた大蜥蜴を撃退したと伝わる代物で、黒炭に菊の根、蛙の粘液が練りこんである。来《きた》る妖鬼との対戦に備え、閑馬に協力してもらいながら用意したものだ。

瑠璃は黒刀の切っ先に素早く毒を塗った。

社の屋根を蹴る。空中で飛雷を構え、左腕に力をこめる。下方にいる妖鬼へと狙いを定める。

だが対する妖鬼は体勢を崩したのも束の間、ぎろりと瑠璃を見上げた。蜥蜴の尾が、またも瑠璃の無防備な右半身めがけ、ぶんとしなる。

「……同じ手を食らうか」

辛うじて瑠璃は空中で身をひねり、尾の中心を刃で受け止めた。刃が尾に切れ目を入れ、傷口から黒い血が滴り出る。

妖鬼の皮膚はやはり硬く、深くまで斬りつけることができない。とはいえ毒を体内に入れることはできた。

大女の口が苦しげに歪む。

「よしっ。これで動きを止め——」

勝機をつかんだと思った時、蜥蜴の尾が豪快に振りまわされた。咄嗟に飛雷で防いだものの、押し負けた体は勢いよく吹き飛ばされる。

瑠璃は滞空しながら膝を抱えこむ体勢を取る。檜皮葺の上を滑るようにして、祇園社の中心、本殿の屋根上で停止した。

「何で、間違いなく毒が入ったはずなのに、どうして効かないんだ」

書物に記された伝承は、出鱈目《でたらめ》だったのだろうか。それとも製法に誤りがあったのか。いずれにせよ、毒で動きを抑える作戦は失敗に終わってしまった。

「ち、くしょ……」

休みなく走りまわったせいで呼吸は上がり、以前の戦闘で癒えきっていない体がひどく軋《きし》む。加えて瑠璃の背中には、真新しい傷がついていた。

今しがた蜥蜴の尾と衝突した際、尾の先端で背中を切られたのだ。傷口からはだらだらと赤い鮮血が流れ出ている。

「よりにもよって、治りかけの傷と同じところに――」

「瑠璃、もはやこれまでじゃ。撤退しろ」

飛雷の言に、瑠璃はギリ、と奥歯を噛みしめた。

「お前ひとりで太刀打ちできる相手ではない。急いでここから離れるのじゃ、このまま戦えば命を落とすぞ」

「……嫌だ」

「瑠璃っ」

せめて妖鬼の迅速な動きだけでも抑えられれば、渾身の一撃を与えることができよう。しかし飛雷の言うとおり、自分ひとりではもはや逃げながら隙を見るくらいしか方法がない。むしろ逃げることで手一杯なのが現状だ。

妖鬼と手負いの自分、どちらの体力が尽きるのが先か。考えるまでもなかった。

――わっち一人じゃ、かなわないのか。

心に絶望の影が差す。それでも瑠璃は、立ち上がった。

「嫌だ、絶対に諦めない。わっちが倒さなきゃ京の人たちが大勢死ぬことになる。だからわっちが、やるんだ」

「じゃが……」

「決めたんだよっ。もう二度と、背を見せて逃げることはしないと」

見れば、妖鬼は社を破壊しつつ体勢を立て直し、瑠璃のいる本殿へ向かわんとしていた。

――苦、し……。

突如、瑠璃は妖鬼の内側から声を聞いた。

――おれはこんなこと、したく、な……誰、かおれ、を……。

この苦しみから、解き放ってくれ。

瑠璃には確かに、そう聞こえた。

――妖の、声？

妖鬼の顎がガクンと外れた。辺りの空気が妖鬼の口へと吸いこまれ始める。

「いかん、逃げろっ」

飛雷が怒鳴るよりも早く、妖鬼は鬼哭を放った。

怨念にまみれた衝撃波が祇園社に吹き荒れる。あまりの荒々しさに耐えかね、瑠璃は本殿の屋根上で片膝をついた。

妖鬼が社の残骸を踏みつけ、周囲の木を薙《な》ぎ倒しながら近づいてくる。地を蹴って高々と飛び上がり、本殿の屋根を踏みしめる。

相手の躍動する様を見つつも、瑠璃は鬼哭に阻まれ立ち上がることすらできない。

妖鬼は禍々しい笑みを浮かべた。女の鋭利な爪が、月光を反射して鈍く光る。


——ここまで、か。


悔しさに顔を歪めた刹那、瑠璃の視界を、まばゆい閃光が覆った。

はっと夜闇を見仰ぐと、白い注連縄《しめなわ》が上空に浮かんでいるのが目に入った。縄から垂れ下がる紙垂《しで》が、光を発しながら風に揺れている。神聖な光に浄化されるかのように、鬼哭の威力が一気に薄まっていく。

——あれは……。

妖鬼の絶叫が響き渡った。

大女の裸身と蜥蜴の下半身が、突如として発現した純白の鎖に締め上げられている。鎖の先端は、地上へと繋がっていた。

瑠璃は視線を眼下へ走らせる。

そして地上にいた者たちを見るや、声を詰まらせた。

「瑠璃さんっ。早くこっちに降りてきて」

結界役を担う双子の弟、栄二郎が、瑠璃に向かって声を張り上げる。

「急げ瑠璃、そろそろ鎖も限界だ」

その隣で顔をしかめるのは、弟と同じく結界用の黒扇子を握る豊二郎だ。

空に浮かんだ注連縄の結界も、妖鬼の動きを止めた鎖の結界も、この双子が発現させたものであった。

思うように身動きが取れず、妖鬼は忌々しげに身をよじらせた。鎖の一部が音を立てて破損する。このままここにいては危険だ。瑠璃は駆けると、屋根の上から勢いよく地上へ飛び降りた。

地に降り立った瑠璃を、二人の男が口々に労った。

「お一人で、よくぞここまで耐えましたね」

「俺たちも加勢します。押さえこみは任せてください」

黒い錫杖を携えた錠吉、同じく黒い金剛杵を握る権三が、瑠璃に向かって穏和に微笑みかけていた。

「皆……」

意図せず目の前が潤んでいく。熱い感情が胸の奥から湧き上がってくるようで、瑠璃は唇を真一文字に結んだ。

どうしてここに――そう問おうとした瑠璃の考えは、口に出さずとも男衆に伝わっていた。

「十二日の早朝、慈鏡寺に文が届いたんです。安徳さまからの文が」

慈鏡寺の現住職である錠吉は、安徳の弟子でもある。文にはこう書かれてあったそうだ。

「京で怪異が起きている。そして瑠璃さん、あなたがそれに一人で立ち向かおうとしている、ってね」

権三が錠吉の言葉を引き継いだ。

あっ、と瑠璃の口から声が漏れた。東寺に赴いた際、安徳は閑馬の家がある場所を詳細に紙に記していた。あれは瑠璃が拠点にしている場所を、男衆に知らせるためだったのだ。おそらく安徳は瑠璃と別れてすぐ飛脚問屋に文を託したのだろう。

文を受け取った男衆は急遽、京を目指すべく江戸を出立した。そしてまさに今日、京に到着し、四人は閑馬の家に向かった。だがその直前に祇園社へ向かった瑠璃とは入れ違いになってしまい、急いで行き先を祇園社に変更したのである。

「大体の事情は、安徳さまの文に書かれてあったのですが――」

錠吉が言いかけた矢先、鎖の結界が砕ける音が鳴った。

「ちっ、鎖はもう駄目だな」

「みんな構えてっ。鬼が来るよ」

豊二郎と栄二郎が注意を促す。

「詳しい話はまた後で、とにかく今は退治を優先しましょう」

言って、権三が瑠璃の肩に大きな手を添える。瑠璃は表情を引き締めると力強く頷いた。

恐怖も、諦念も、そして心細さも、頼もしい同志との再会がすべて掻き消してくれた。代わりに今、瑠璃の心にあるのは確信だ。

この五人なら必ず事を成し遂げられるという大いなる確信が、瑠璃の心と体に活力を吹きこんだ。

鎖がついに全壊した。自由になった妖鬼が、屋根の上から地上を睥睨《へいげい》する。背後にある下弦の月が、異様な容貌をまざまざと浮かび上がらせる。

五人は横一列に肩を並べ、一様に妖鬼を見据えた。

「……来る」

妖鬼は屋根を蹴った。巨軀が瞬く間に五人へと躍りかかる。

すかさず錠吉と権三が一歩前に進み出た。錫杖と金剛杵を互いに交差させる。激しい衝突音が境内に響く。妖鬼の巨軀は、交差した二つの法具によって受け止められた。

一方で瑠璃は双子に顔を向けた。

「豊、栄。お前たちは下がって……」

結界役の兄弟は前線から離れているのが定石だ。ところが瑠璃は横に居並ぶ彼らを見るや、半端に言葉を切った。

豊二郎と栄二郎の持つ黒扇子が、ゆらゆらと輪郭を膨らませ、中骨《なかぼね》が分離したかと思うと、黒い弓矢に変じたのである。

「下がってろって？　まあそうするけどさ、昔みたいにただ隠れてるだけの俺らじゃないっての」

豊二郎がしたりげに瑠璃を見やる。

「いいでしょこの弓？　危なくなったら俺たちが援護するから、安心して戦ってね瑠璃さん」

弟の栄二郎も朗らかな笑顔を見せる。兄弟はそろって後方に下がり、雄々しい顔つきで弓矢を構えた。

初見の武器に驚いていた瑠璃だったが、

「この力は、一体……」

腹から絞るような声を聞き、直ちに前へと向き直る。

錠吉と権三は妖鬼の動きを止めることに成功した。だが二人の足はじりじりと、後方へ押し返されていく。

「権、いったん退こう」

「わかった」

二人は同時にその場を離れる。錠吉と権三、そして瑠璃の三者は、てんでに分かれて攻撃を開始した。

錠吉は軽快に錫杖をまわす。錫杖の輪がシャン、と金属音を奏でる。尖った先端を突き出し、妖鬼の肌を刺す。

権三は重量のある金剛杵を、筋骨隆々とした腕で振りまわす。強烈な打撃を食らい、妖鬼が痛々しい叫び声を上げた。

二人の攻撃の合間を縫い、瑠璃は妖鬼の懐にもぐる。黒刀で大女の胸元に斬撃を繰り出す。黒々とした血が噴出し、地面に不気味なまだら模様を描く。

瑠璃たちは互いに位置を変えつつ、阿吽《あうん》の呼吸で攻撃を畳みかけた。対する妖鬼は三方向で速やかに動き続ける瑠璃たちに、狙いを定めかねている様子だ。

と、妖鬼の背後に動く気配。

「気をつけろ、蜥蜴の尾が来るぞ」

丸太のごとき尾が勢いよく宙を切る。後ろに飛びすさる錠吉と権三。瑠璃は足を地面に踏みしめて留まり、斜め上に黒刀を振り抜いた。尾と刃が派手にぶつかりあう。

尾から黒い血しぶきが迸《ほとばし》った。わずかだが瑠璃の斬撃が尾を貫いたのだ。

妖鬼は姿勢を低くする。飛び上がるや否や、最も近くにいた瑠璃へと迫る。全身を丸呑みにせんとばかりに大口を開ける。

「兄さんっ」

「おう」

双子の掛け声と同時に、漆黒に染まった矢が妖鬼に向かって放たれた。

矢は目にも留まらぬ速さで滑空する。と、内側から純白の光があふれ出した。あっという間に黒から白へと転じた二本の矢は、見事、妖鬼の首に命中した。

おぞましい悲鳴を発して矢を引き抜こうとする妖鬼。だが白く光る矢は深々と肉に突き刺さり、抜こうとすればするほど輝きを増していく。神聖な光には抗えないのだろう、妖鬼は痛みに悶え、無作為に尾を振りまわした。

「危ない、離れろっ」

狂ったように社の柱を破壊し、木々を薙ぎ倒す、荒ぶる尾――瑠璃たちは閉口した。かように動きの読めぬ尾に阻まれては、胴体に近づくことすら難しい。

「あの尾を何とかしないことには、止めを刺せませんね」

そう推したのは錠吉だ。瑠璃は苦い顔で首肯した。

「ああ。わっちは前、あの尾に不意を突かれて負けたんだ」

「そうでしたか……なら、俺が止めましょう」

言うが早いか、錠吉は両手で印を組む。すると錫杖に刻まれた梵字《ぼんじ》が、黄金の光を放ちだした。

《オン　マユラギ　ランテイ　ソワカ》

真言を唱えると錠吉は単身で妖鬼に向かっていった。地面を舐めるように襲いかかる尾。錠吉はさっと飛び越える。縦横無尽に襲ってくる尾を、軽い身のこなしで次々にいなす。

ついに錠吉は尾が止まった一瞬を狙い、先ほど瑠璃がつけた傷口へ、垂直に錫杖を突き立てた。

前進しようとしていた妖鬼が動きを止める。どれだけ蜥蜴の四つ足を地に踏ん張ろうと、尾が地面に縫い止められたのでは進むことができない。

「今です瑠璃さん、飛雷を」

瑠璃は妖鬼に向かい駆けだした。

しかし次の瞬間。

蜥蜴の尾が、ぶつりと嫌な音を立てて根元からちぎれた。

「なっ……」

妖鬼が自ら尾を切り離したのだ。空洞の眼が己に走り寄る瑠璃を捉え、三日月のごとく細くなる。

まずいと思ったその時、

「俺が行きます」

権三が妖鬼の死角から飛び出した。権三の金剛杵も錠吉の錫杖と同じく、今や黄金の光に包まれていた。戦闘の合間に印と真言で法具を強化したのだ。

権三は長大な金剛杵を目一杯、大女の胸元に叩きつけた。

尾を押さえていた錠吉も加勢し、二人で妖鬼の胴体を押し留める。対して妖鬼は腕を振るい二人を裂かんとする。が、黄金の光に視野を奪われたのか、腕は宙を空振りするばかりだ。

妖鬼の動きが完全に止まったのを確認し、瑠璃は大きく息を吐き出した。

目を閉じ、意識を己の内側に集中させる。

――もう大丈夫だ。何も怖くない。……皆と、一緒なら。

静けさが心を満たしていく。と同時に、瑠璃の全身から青の旋風が立ち起こった。

烈風は着物の裾をはためかせ、辺りに粉塵を巻き上げる。胸元の印が肥大して数を増し、たちどころに左腕へと結集していく。

「飛雷、頼むぞ」

「……ああ」

己の左腕に甚大な膂力が漲《みなぎ》るのを感じながら、瑠璃はす、と視線を上げた。

地を蹴って疾走する。左肘を突き出すように飛雷を構える。瑠璃の動きを見計らい、錠吉と権三が素早く妖鬼から離れた。

瑠璃は勢いのまま加速し、踏み切り――握りしめた黒刀を右から左へ、掛け声とともに振り抜いた。

妖鬼の胸元に一筋の線が走った。斬り裂かれた傷口から、おびただしい量の血が弧を描いて噴き出してくる。

妖鬼の相貌からは笑みが消えていた。異形の肉体がゆっくりと、地面に向かって倒れていく。

その時、妖鬼の体内から再び声が聞こえた。

――ありがとう、人間。やっと、ようやっと解放された。おれの魂を、救ってくれてありがとう……。

ここに至って瑠璃ははっきりと理解した。やはりこの声は、人間の鬼女のものではない。

「今の声って蜥蜴の……妖の声かな」

後方で援護していた双子がそばにやってくる。栄二郎の問いかけに、瑠璃は「おそらくな」と短く返した。

妖鬼の体が黒砂となり夜の風に浄化されていく。

五人がそろって見守るさなか、妖鬼の胸元――瑠璃が斬った傷口から、奇妙な物体が垣間見えた。

「何だあれは、巻物か？」

妖鬼の体内にあったのは、古びた一軸の巻物だった。

巻物は妖鬼が消滅するに伴いぼろぼろと形を崩し、やがて真っ二つになって闇に霧散した。

瞬間、前兆もなく大地が震動し始めて、瑠璃たちは思わず体をよろめかせる。

「地鳴り……また……？」

「見てください、あそこっ」

権三が西の空を指差す。

五人が目にしたのは祇園社から六町ほど離れた西――地底から現れた巨大な柱が、天を貫くようにしてそそり立つ瞬間であった。謎の柱は黒と紫、赤がまじりあった、おどろおどろしい邪気を洛東に漂わせ始める。

柱が完全に屹立したのと同時に、地鳴りもぴたりとやんだ。

「あそこは確か、四条大橋あたりか？　あの柱は一体――」

「おいお前たち、先に向こうの茂みを見に行け。誰か倒れておるようじゃぞ」

と、飛雷が急かすように声を発した。柱が何なのかも大いに気がかりではあったが、瑠璃たち五人は飛雷の示した茂みへ足を向ける。

――そうだ、妖鬼を倒すだけで終わりじゃない。瀬川の予言してた奴が……一連の出来事を引き起こした張本人が、まだ近くにいるはずなんだ。

瑠璃はいきおい眉を引き締めた。

あの茂みにいる者こそが「蜥蜴に糸をつけた者」、すなわち何らかの目的で妖鬼を操り、瑠璃にけしかけた者だと考えて間違いないだろう。どんな企みがあるかは知らぬが、妖鬼と瑠璃の戦いを、最初から近くで見ていたはずなのだから——。

果たして実際に茂みの中で倒れていた者を認めるや、その意外な姿に、瑠璃は気勢を大きく削がれてしまった。

「こ、子ども？」

背格好からして十ほどと見受けられる幼子は、平安の絵巻物で見るような古式めかしい白装束に身を包んでいた。白い狩衣《かりぎぬ》に白い指貫袴《さしぬきばかま》、頭に烏帽子《えぼし》を被り、顔は胸あたりまで垂れ下がった、これまた白い長布に覆われている。

「これは、印章か？」

長布には不可思議な文様が浮かんでいた。碁盤の上に白と黒の勾玉がくっつき円になったような、謎めいた文様。幼子の傍らに落ちているのは、方形の台座に円形の盤が重ねられた木製の器具だ。よく見れば器具には文字がびっしりと彫られているが、用途は知れない。

権三がしゃがみこんで長布をめくる。驚いたことに、長布の下にあったのは瑠璃が見たことのある顔だった。

「この子は……」

瑠璃は必死に記憶を辿る。

夜の河原で出会った、暗い目をした童女――。

「麗……そう、麗だ」

「知ってるのかよ瑠璃」

豊二郎に問われた瑠璃は、当惑しつつ頷いた。

――こんな小さな子どもが、妖鬼を操ってたなんて……。

昏倒してしまったのか、麗は息こそしているものの目を覚ます気配が一切ない。あたかも力を出し切って、糸が切れたかのように眠っている。

童女の額にかかった分厚い前髪はやや横に流れていた。と、額におでき、のようなものがあるのが気になり、瑠璃は麗の前髪をそっとすく。

五人は同時に息を吞んだ。

童女の柔らかな額にあったのは、

「……鬼の角だ」

黒く小さな突起物を見て、錠吉が眉をひそめた。

「そんなまさか、どう見たって人間じゃないか。肌が柔らかいし黒くもない。それに表情も、鬼みたいに笑ってないだろう」

もし鬼であるならば、顔には不気味な笑みをたたえているはずだ。意識がないとはいえ童女の面立ちにはそれが見受けられなかった。

ならばこの角は何なのか。

この少女は、何者なのか。

麗を凝視していた瑠璃は、言い知れぬ感覚に襲われていた。

前に会った時には喜怒哀楽のいずれも読み取れなかった童女の顔から、そこはかとない気配を感じ取ったのだ。

それは「怒り」の気配だった。

――意識を失ってるのに、どうして。

そしてなぜ、自分の心はこんなにもざわついているのだろう。まるで彼女の漂わせる怒りが、こちらに向けられていると錯覚するような――。

「とにかくこのままにはしておけない、どこかで介抱しないと。目が覚めたら妖鬼のことを聞き出そう。権さん、悪いが運んでくれるか」

頷いて権三が、麗を持ち上げようとした時だ。

どこからか独りでに発生した黒煙が瑠璃たち五人の視界を覆った。

「何だこれは――」

「くそ、前が見えねえ」

「みんな落ち着け、一度ここを離れよう」

「瑠璃さんっ」

煙の中から権三の焦り声がした。

「あの子どもがいなくなって……」

「こっちどすえ、皆さん方」

男衆の誰とも違う声がして、瑠璃は勢いよく振り返った。

黒煙が段々と晴れ、視界が鮮明になっていく。

瑠璃たちの後方――破壊された神楽舞台の上に、麗と同じ白装束をまとった、謎の三人が佇んでいた。

九

「麗のことが心配?」

白装束の一人が問う。

突如として現れた三人のうち、一人はいつの間に連れていったのだろう、意識のない麗を脇に抱えていた。

「何者だ、お前ら。目的を言え」

瑠璃は鋭い眼差しで謎の者たちを睨みつける。

妖鬼を操る首謀者が、童女の麗ひとりとは考えられない。他にも仲間がいるとは踏んでいたものの、相手方がこうして顔をそろえ、一様に出張ってくるとは些か意外だった。

「〝お前ら〟か。初めて会う人間に対してずいぶん丁寧な言い草やな」

「キヒッ、きっと怖いんや俺らが」

「こら笑っちゃ悪いわよ。今の今まで気を張ってはったんやから、警戒されても仕方ないわ……ふふ」

いずれも奇妙な文様が描かれた長布を垂らしているため顔はわからぬが、背格好や話し方からして、向こうは男が二人、麗を含め女が二人の、計四人らしい。

彼らの声は異様だった。さながら幾人もの声が重なり、ひび割れているかのようで本物の声を判別しようがない。先の黒煙はおそらく彼らが発現させたものだろうから、何がしかの術を使って声色を変えているのかもしれなかった。

ほくそ笑むような白装束たちの声が、瑠璃を無性に苛立たせた。

「……お前らだろう、甚太の体を操って宗旦をさらわせたのは。わっちを祇園社に呼び寄せるために、あの子を利用したんだろう」

「まあ怖い顔しはる。せっかくの綺麗なお顔が台無しよ？」

「さっさと答えろっ」

「答えるも何も、甚太ってだあれ？　ああもしかして、あの子鬼のことかしら」

女と思しき白装束は、ふと合点がいったように頷いた。

「あんたさん、ひょっとして怒ってはるん？　妖鬼があの子鬼を食べてしもうたこと」

白々しい物言いに、瑠璃はまなじりを吊り上げた。

甚太は死して、鬼となった。死者を生き返らせる術などない。が、瑠璃はせめてもの弔いとして、甚太を飛雷の力で成仏させてやりたかった。

他者に体を操られて利用された挙げ句、あのような形で異形に貪《むさぼ》り食われる最期など、味わわせたくなかった。

「あの妖鬼を操ってたのはお前らだろうが。お前らが、妖鬼を甚太に差し向けて殺したんだ」

すると男二人が急に吹き出し、笑い始めた。

「いひひっ。この女子、なん言うとるんや？　鬼を殺す？　鬼になるっちゅうことは、もうすでに死んどるっちゅうことやで？」

「鬼になってもうたが最後、見境なく人殺しを繰り返し、人としての自我すら失って、いずれは獣になって朽ち果てる——鬼はなァ、鬼になった時点でもう人の道から外れとるんや。そないな道を歩むくらいなら、ひと思いに食われた方がええんやないか？」

無為な殺しを繰り返さぬように。それが、鬼の真なる望みではないか——。

鬼が鬼となった背景をまったく無視した言い分に、瑠璃は憤りを禁じ得なかった。

「お前らは……鬼のことをそこまで理解してるくせに、どうしてそんなことが言えるんだ」

妖鬼に食われた甚太の魂はどうなったのか、瑠璃は何となく察しがついていた。鬼が鬼を共食いするなど、正しい成仏の手段からはどう考えても程遠い。したがって甚太の魂は成仏することが叶わず、輪廻転生《りんねてんせい》の輪から外れ、虚無の存在になったと推測できる。

これまで鬼の魂を救済すべく戦ってきた瑠璃にとっては、最も回避したい結末であった。

「あんなァ、私らを責めるんはお門違いもええとこやよ？　それより子鬼を助けられへんかった自分自身を責めるべきとちゃうん？」

「何だと」

「そもそもおたくらが今ほど戦った妖鬼は麗の担当や。私らは別に、あの子鬼を食えと妖鬼に命じてなんかおまへん。この子は愚図やさかい、どうせ妖鬼の操り方を誤ってもうたんやろ」

ゆえに妖鬼が暴走し、甚太を食らってしまったのだ。

ただそれだけのことよ、と白装束の女は麗を一瞥して、倦んだようなため息をこぼした。

「妖鬼とは、何なんだ。麗の担当？　もしかしてその子が妖鬼を生み出したとでもいうのか」

　権三が問いを投げる。いつでも攻撃に転じられるよう、金剛杵を握ったままだ。

　男の一人が言った。

「アホか、こないな子どもがあの強力な妖鬼を作れるワケないやん。できること言うたら、せいぜい素材探しがええとこや」

「素材、って」

　男は妖鬼の何たるかを説明した。

　妖鬼は、鬼女と妖が自然に共鳴しあって生まれたものではなかった。彼らが人の手で作り出した存在だったのだ。比叡山に出没した鬼女と、鞍馬山に棲む砂海という大蜥蜴の妖。この両者を捕らえて真っ二つに切断し、上半身と下半身の断面を無理やり接合したというのである。

　淡々と説かれた残酷な事実に、瑠璃たちは言葉もなかった。

　そんな五人の胸中を知ってか知らずか、またも白装束の女が話を引き取った。

「あんたさん、どうもうちの麗を気にかけてくれとるようどすけど、この子かて私らと同じ〝陰陽師《おんみようじ》〟や。私らのことをそない犬みたァに威嚇するんなら、この子にも同じようにせんと矛盾してますえ？」

「陰陽師だと」

そう口を挟んだのは錠吉だ。何か思い当たる節があるらしい。

「おかしいと思ったんです。この祇園社には今、神官が一人も見当たらないでしょう。それにいくら夜遅いとはいえ、これだけの騒ぎが起これば周辺の住民たちが気になって見に来るはず」

甚太や宗旦のこと、そして妖鬼との戦闘で頭がいっぱいになっていたが、言われてみれば確かにそうだ。

眉間に皺を寄せる瑠璃に向かい、錠吉はさらに続けた。

「俺たちが祇園社に到着するまでの間、この一帯から逃げる大勢の人たちとすれ違ったんです。みな〝火事だ〟と騒いでいたんですが……」

瑠璃は北の丸太町橋《まるたちようばし》を渡って鴨川を越えたが、錠吉たちは南の橋、つまり瑠璃とは違う道を通って祇園社まで来たそうだ。道中すれ違う人々は持てるだけの反物や行李《こうり》を背に、我先にとばかり鴨川を西に越えていったという。

だが見てのとおり、祇園社の境内には火災などこれっぽっちも起こっていない。

「それで思ったんです。誰かが幻術か何かを使って火事が起こっているように見せかけ、祇園社周辺の人々を退けたのではないかと」

「幻術？」

「はい。奴らが陰陽師だと言うのなら、それも納得です。あの長布に描かれている円はおそらく陰陽太極図《いんようたいきょくず》。陰陽師の象徴のようなものですから」

なおかつ麗の横に落ちていた器具は六壬式盤《りくじんちょくばん》といって、陰陽師が占いや儀式で用いるものだと錠吉は説明した。

陰陽師とは、古代の大陸で生まれた陰陽五行説に基づき、天文学や暦学、易学など、世の神秘を識《し》る者をいう。平安時代、陰陽師たちは官人として御所で勤め、帝をはじめとする有力貴族に仕えた。

とはいえ、識者の顔はあくまでも表面的なものに過ぎない。陰陽師は占いあるいは呪術を行うことによって、京の怨霊退治、果ては権力者同士の闘争でも暗躍した。不思議の力を自在に使う彼らの逸話は、今世にも数多く伝えられている。

「……ですが陰陽師の威光は時代とともに衰退し、正統な陰陽師といえば、陰陽道の宗家である土御門《つちみかど》家くらいしか今は残っていません。あとは陰陽道の真似事をして祈禱などを行う、力があるかも疑わしいような唱門師《しょうもんじ》がほとんどのはずです」

「へぇえ。そこのお坊さん、その錫杖を見た感じ、宗派は東密《とうみつ》かしら。ええ男っぷりな上に頭まで切れるんやねぇ？　私の好みかも」

よどみない錠吉の説明に、女はいかにも感心したように声を弾ませる。東密は空海上人の興《おこ》した真言密教のことだ。

「いかにもご明察よ。まあ密教と陰陽道は昔っから仲良しやさけ、知っててもおかしゅうないか」

と、女は隣の仲間に向かって耳打ちをした。

それを合図に三人の陰陽師が同時に衣擦れの音をさせ、右腕を斜め下に伸ばした。

何か仕掛けてくるつもりなのか——瑠璃たちも瞬時にその場で身構える。

陰陽師たちは右手の人差し指と中指を立て、手刀を作る。それを口元に当て何事か小声でつぶやくと、今度は縦横に手刀を動かし、宙に素早く九字の印を切る。

瞬間、境内の景色が一変した。

めらめらと燃え盛る炎。焼け落ちていく社。木材が焦げる臭い。炎に裾を搦《から》め取られそうになり、双子が慌てて後ずさりをする。

「うお、危ねえっ」

「ちょっと待って兄さん。この炎、熱くないよ」

弟の言に、豊二郎は冷静さを取り戻した。

「本当だ。こんなにはっきり燃えてるのに……」

「驚いたやろ？　これが俺らの幻術や」

陰陽師たちが手刀を解くと、炎も一瞬にして消え失せた。瑠璃たちの目に映るのは先刻と変わらぬ祇園社の光景だ。

今のと同じ要領で、陰陽師たちは祇園社の神官および周囲の民らに幻の火事を見せたのだ。炎の感触こそなかったものの、視覚、聴覚、嗅覚にまで訴える幻は、人々に尋常ならざる命の危機を感じさせたことだろう。

「……解せねえな。なぜ人を避難させた？」

低い声音で問う瑠璃に対し、陰陽師の女は、質問の意味がわからぬとでも言いたげに首を傾げた。

「決まってるやないの。祇園社の近くにおったら妖鬼とあんたさんの戦いに巻きこまれてまうやん。バケモン同士の戦いの場に普通の人間がおったら、お陀仏《だぶつ》間違いなしやろ？」

「は……？」

「しかしまあ、ようけこんなに壊しはったなあ。ほとんどは妖鬼の仕業やけど、あんたさんの力も恐ろしいわあ」

陰陽師は変わり果てた境内を悠々と見巡らし、さも可笑《おか》しそうに哄笑した。

一方で瑠璃たちは皆が皆、同じことを疑問に思っていた。

目の前にいる陰陽師たちは明らかに、鬼の魂を軽視している。鬼を都合よく操り、彼らがいかなる最期を遂げようとも意に介さないくらいの、冷徹さを持っている。にもかかわらず、祇園社の周辺にいた人々を、危険から遠ざけるために幻術を使ったというのだ。瑠璃はどうにも腑に落ちなかった。

「すでに死者である鬼の魂はどうでもよくて、生者の命は大切に、とでも言いたいのか」

「ええそうよ？　あんたさんが助けようとしてた妖狐だって、端《はな》から無事に返すつもりやったしね」

当たり前やない、と女は笑う。瑠璃たちが矛盾を感じていることなど、きっと毛ほども理解していないのだろう。

——こいつらとは、話すだけ無駄みたいだな。

今までの経験則から、瑠璃は嫌というほどわかっていた。こういった手合いは自身の考えを絶対的に正しいものと豪語し、改めようとすることはおろか、他者の意見を聞くことなど断じてしない。

彼らに相容れぬものを感じた瑠璃は、やり口を変えることにした。

「最初の質問、まだ半分しか答えてもらってなかったな……お前らは何が目的で、こんなことをしてるんだ」

何ゆえ自分をつけ狙っていたのか。どんな理由があって祇園社までわざわざ呼び寄せ、妖鬼と戦わせたのか。

黒刀の柄を固く握りながら、神楽舞台に向かって一歩を踏み出す。瑠璃の動きを察した男衆も各々の武器を握り直す。

すると剣呑な空気を感じ取ったのか、麗を脇に抱えていた男が、懐からすらりと小刀を取り出した。

「おっと、そこを動くなよ。全員や。さもないとこいつの首が飛ぶで」

男は麗のうなじに刃をかざす。

「下手な脅しはやめろ。その子もお前らの仲間なんだろ、殺せるものか」

「さァて、それはどうかいな？　ご所望とあらばやってみせよか？」

挑発に構わずもう一歩を踏み出そうとして、しかし瑠璃は、考え直した。

うなじに当てられた刃は瑠璃たちが動こうとするのに合わせ、徐々に童女の肌へと近づいていく。

――あの男、はったりで言ってるんじゃない。

やむなく足を止めると、陰陽師の女が満足げな笑い声を揺らした。

「えらい血の気の多い女子やなあ。そない強引なことせんでも、目的くらい教えたるて、ねえ?」

男の陰陽師たちがこくりと首肯した。

「ああ。俺らは〝夢幻衆《むげんしゅう》〟」

「〝不死〟を追求する者なり……さあ、これでお望みの答えは言うたったで」

瑠璃は背後にいる男衆と視線を交わした。彼らも瑠璃と同様、まったく意味がわからないといった顔で言葉に迷っている。

「不死を、追求……? 何だそれは。本気で言ってるのか、それとも俺たちを煙《けむ》に巻こうとしてるのか?」

権三が疑わしげにこぼすや、夢幻衆は朗々と言葉を並べた。

「いやァね、こないな時に嘘は言わへんよ」

「俺らは必ず不死を実現する。そのために〝裏四神〟を操っとるんやさかい」

「麗の操る〝裏青龍〟は何とか倒せたようやけど、これで終わりやないんやで?」

裏四神。どうやら京の東西南北に現れた四体の妖鬼たちを、夢幻衆はこう呼んでいるらしい。そして瑠璃たちが戦った妖鬼は「裏青龍」と名付けられていたようだ。

安徳から聞いた「四神相応」の話が、瑠璃の脳に呼び起こされた。

遥か昔、京を守るべく見立てられた四体の神獣。妖鬼の姿がそれら四神を模したようだとの噂は、単なる噂に留まらなかったのだ。祇園社の妖鬼が東の裏青龍ならば、残る三体はさしずめ、西の「裏白虎」、南の「裏朱雀」、北の「裏玄武」ということになろうか。

しかしながら、

「その、裏四神とやらを操ることが、お前らの目指す不死とどう関係するっていうんだ?」

元より不死を実現するなど荒唐無稽にも程がある。

ところが瑠璃の疑念を、夢幻衆の女は高らかに笑い飛ばした。

「可哀相な人ら。命が有限やって信じて疑わへんのね。まァ凡人は皆そうやもん、しゃあないわ。不死の可能性に気づくことすらなく死ぬんが、おたくらにはふさわしいのかもねェ」

こちらが戦闘経験の豊富な五人であるのに対し、向こうはたったの三人と気絶した童女、大した武器も持っていない。だが夢幻衆には慌てる素振りが欠片もなく、余裕な態度を貫き通している。麗を人質にするだけで事足りると思っているのか、それとも——。

「さっきからごちゃごちゃと、無駄口ばかり利いてんじゃねえよ。裏四神と不死がどう関係するんだと聞いている」

瑠璃の体から静かな怒気が漂い、辺りの空気をひりつかせる。それでも女はひるむことなく大げさに嘆息した。

「そう頭《ず》の上から尋ねるばかりやなァて、〝教えてください〟とか何とか言えへんもんかいな？　それか少しは自分で行動して答えを見つけはったら？　ねえそうでしょう……瑠、璃、さ、ん？」

「あの人、瑠璃さんの名を……」

動転したように栄二郎がささやく。瑠璃は長らく夢幻衆から監視を受けていたことを手短に話した。

「たぶん名前は、わっちの周囲をこそこそ嗅ぎまわってるうちに知ったんだろ」

「ふっ、まあそんなとこ。監視というか観察やけどね。〝京に出没する鬼を、華麗に退治する者がいる〟……町中で配られとった瓦版を見て、どんなお人なんか気になったんよ」

京での鬼退治いつもご苦労さんどす、と女は恭しく一揖《いちゆう》してみせた。この口ぶりから察するに、今まで行ってきた鬼退治の様も陰で夢幻衆に見られていたのだろう。

「あんたさんのバケモンじみた能力には驚かされてばっかりや。そんで、ちょいと遊び心が湧いたんよ。私らが飼い馴らした裏四神とあんたさん、ぶつけてみたらどっちが勝つかなってね。裏四神に経験を積ませてやれたらなお良しと思ってんけど、結果はまァ、見てのとおり。使役者が麗やったら無理もないわ」

事もなげに開陳《かいちん》すると女は肩をすくめた。裏四神と瑠璃との戦いは夢幻衆にとって大方、相撲の取り組み程度のものに過ぎなかったということらしい。

すると男衆が、誰が言うでもなく前に進み出た。瑠璃を守るように陣を作る。

一拍の間を置き、錠吉が静かに口を切った。

「あなた方の話はいまひとつ理解しかねますが、ともあれ裏四神の操作に瑠璃さんの観察、今までどうもご苦労さまです。これからはより忙しくなることでしょうが」

豊二郎と栄二郎も矢継ぎ早に口を開く。

「そうそう、何せ観察しなきゃならねえ対象が五人になるんだもんな?」

「言っとくけど瑠璃さんには、指一本ふれさせせないから」

他者との同調を好む栄二郎は、進んで人と張りあうことなど滅多にしない。が、瑠璃の身に関することとなれば別のようだ。

最後に権三が、至って穏やかな口調で夢幻衆を牽制した。

「……まあ、そういうわけなんでね。不死を実現するためだか何だか知りませんが、そちらさんがその気なら、こっちも黙っちゃいやせんよ。鬼の魂をぞんざいに扱う輩《やから》どもは、俺らにとっては敵なものですから」

物言いこそ柔らかだが、権三の眼差しは厳しく、力士のごとき大きな体は凄みを感じさせるに十分だった。

瑠璃と男衆は夢幻衆を一様に睨み据えた。対する夢幻衆も身じろぎ一つせず、長布の向こうから瑠璃たちを見つめている。

目に見えぬ険悪な気が両者の間に漂い、衝突し、爆ぜる。

ややあって夢幻衆の女が、ふ、と不敵に笑った。

「宣戦布告ってやつかしら。興味本位で瑠璃さんを観察しとっただけなんに、まさかお仲間が来るなんて、えらい面倒なことになってもうたわ……。まあ何にせよ皆さん方とは、またお会いすることになるんでしょうね」

ホンマおもろい人らやわ、と女はため息まじりに首を振る。

「言うておくけど私らの邪魔をする気なら容赦はせんえ。残るは三体、裏白虎、裏朱雀、裏玄武。私らの可愛い可愛い妖鬼たちを、倒せるモンなら倒してごらんな」

言い終えるが早いかパチン、と指を鳴らす。たちどころに先刻と同じ黒煙が発生し、夢幻衆の姿を覆い隠していく。

彼らを捕らえるなら今しかない――瑠璃たちは一斉に駆けだし、神楽舞台へと詰め寄った。

黒煙を掻き分け、手探りで舞台に上がる。

どれだけの時が流れてからか、黒煙は風にさらわれていった。

神楽舞台には、瑠璃たちの他に誰もいなかった。夢幻衆はまるで闇に掻き消えるかのごとく、すでに祇園社から姿を消していた。

十

閑馬の家の作業部屋に、狸がどたばたと走りまわる足音が響く。

ひとり晒しと格闘していたお恋は、ようやく満足いったように動きを止めた。

「ふぃーっ。こんな感じでどうでしょう瑠璃さん？　言われたとおりぎゅうっとしときましたよ」

「うん、いい塩梅《あんばい》だ。助かったよお恋」

辺りの家々は深閑としている。間もなく時刻は夜四ツ、動物たちもみな眠りにつく時間だ。

もろ肌脱ぎになり半身をあらわにしていた瑠璃は、背中から胸にかけぐるぐるに巻かれた晒しへ左手をやった。

祇園社の妖鬼――裏青龍によってつけられた背中の傷は、左手しかない瑠璃にはどう苦心しても処置ができない。そこで瑠璃はお恋に頼み、代わりに晒しを巻いてもらったのだった。場所によってきつくなったり緩くなったりと巻かれ方は極めて雑だが、応急処置としては十分だろう。

「何も狸にやってもらわずともよかろうに。人間の女というのはほんに面倒な生き物じゃの」

黒蛇に戻った飛雷が横やりを入れてくる。

瑠璃がたしなめるように飛雷を見やった時、

「お恋、瑠璃さん。終わりましたか？」

襖の向こうから閑馬が声をかけてきた。瑠璃は裸になっていた半身に着物をまとい、さっと襟を掻きあわせる。

「終わったよ、閑馬先生。もう入ってきてもらっても大丈夫だ」

返事を聞いて襖が開かれる。閑馬の腕には宗旦狐が抱かれていた。

祇園社で瑠璃と別れた後、閑馬の家まで戻り来た宗旦は、戻ったと同時に再びばったり倒れてしまったらしい。お恋や閑馬の顔を見て気が緩んだのであろう。

「うわああん瑠璃はんっ。怖かった、怖かったよう」

宗旦は閑馬の腕から飛び出すや、勢いのまま瑠璃の胸に飛びこんだ。

「お前、もう起きてて平気なのか？　しんどかったら寝てていいんだぞ」

「ううん……おいら、瑠璃はんのそばにおる」

妖狐は瑠璃の膝上に丸まって動こうとしない。さらわれた自分を救うべく祇園社まで駆けつけた瑠璃に、深い信頼の念を寄せているらしかった。つい先刻まで人間に触れられることすら嫌がっていたというのに、相当な変わりようである。

だが翻って考えれば、それだけ怖い思いをしたということなのだろう。瑠璃は落ち着かせるように宗旦の毛を撫でてやった。

「宗旦ちゃんも、瑠璃さんも飛雷さんも、戻ってこれて本当によかった。私と閑馬先生、もう心配で心配で、ずうっと起きてたんですからねっ」

お恋も涙声で無事を喜んでくれた。

閑馬が後ろ手で襖を閉め、畳の上に端座する。少しの間言いよどんでから、重々しい声で問いを投げた。

「……瑠璃さん。その、甚太は」

瑠璃は鬱々とした心持ちで首を横に振った。

「あの妖鬼に、やられてしまった。わっちは間に合わなかったんだ。甚太を、救えなかった」

裏青龍に食われた子鬼のことを考えると、なおもって胸が締めつけられた。

「そう、ですか……」

戻ってきた瑠璃の表情から、おそらく最悪の結末も覚悟していたのだろう。閑馬は落胆したように首を垂れ、長い間黙りこんでいた。

「あのさ、閑馬先生。甚太の病状は一年前からずっと悪かったのか」

瑠璃の問いかけに、閑馬は「いや……」と曖昧な返事をした。

「両親の話ではここ半年くらい、だいぶええ状態が続いとったらしいんです。あかんて言うても外で遊びたがるくらいに。けど十日ほど前、急に夏沸瘡《なつぼし》ができてもうたそうで」

夏沸瘡とは幼子に特有の頭瘡である。頭の汗疹《あせも》が化膿《かのう》して腫れ上がり、やがて臭気を伴う膿《うみ》が発生する。

瘡が併発したためなのか、甚太の病状は著しく悪化した。最期の日などは霍乱《かくらん》までもが起こり、激しい嘔吐や下痢に襲われた甚太は、手足を振り乱して苦しみに悶えていたという。

「ただでさえ思うように外で遊ぶことができんくて、甚太は口には出さへんかったけど、辛かったはずです。それが少しやけど回復したと思うたら、そないなことになってもうて……」

人の体というのは不思議なもので、心が弱ると体も一気に弱ってしまう。両親の懸命な看病も、励ましも、絶望に陥った幼子の心を慰めるには至れなかったようだ。

「お医者は、何て言ってたんだろう。かかりつけのお医者がいたはずだよな」

「巷《ちまた》で名医と評判のお方に診てもろうとったようなんですが、あんまりにも病状が一気に進んでしもうたさけ、手は尽くしたけど、あかんかったと」

そうか、と瑠璃は沈んだ声で言って畳を流し見た。

名医でさえ匙《さじ》を投げるほどの病——幼子の心と体を、どれだけの苦痛が襲っただろう。激痛に身を悶え、泣き叫ぶ甚太の姿が思い浮かぶようで、瑠璃はぎゅっと目をつむった。

——死ってのは、どうしてこうも唐突なんだ。

ついひと月前に笑顔を見せていた幼子が、今はもうこの世にいない。

——心安らかに逝ける人間なんて一握り。いつだって死は前触れもなく訪れて、最後の別れすら十分にさせてくれないんだ。

甚太は苦しみの中、わずか五年という儚すぎる生涯を終えた。死の間際、彼の心にはいかなる思いがあっただろうか。家の中から鳥を眺めることくらいしか叶わず、小康したかと思えば再び病の絶望に打ちのめされ——辛苦に堪えかねた魂が、そうして鬼に変じてしまったのであろう。

重苦しい沈黙が流れる中、鳥籠の中の雀が一声鳴いた。

瑠璃と閑馬は鳥籠へと目をやった。何も知らぬ雀は小さな声でさえずり、籠の中でパタパタと羽を動かしている。

傷ついた雀を何とかして治してやりたいと望んだ甚太。ひょっとすると彼は、自らの生を雀に重ねあわせて見ていたのかもしれない。

「甚太は、優しい子だったな」

瑠璃のつぶやきに、閑馬も黙って首肯した。

鬼になるのは総じて純粋な心を持つ者たちだ。他者の痛みを思いやることのできる、優しい者ばかりが、死後に鬼となってしまう。甚太も例外ではなかっただろう。

甚太は優しいからこそ鬼になった。そしてあろうことか、他者の痛みがわからぬ者たちに利用されてしまった。せめてもの救いである成仏すら叶うことなく、彼は消滅したのである。

瑠璃は拳を握りしめた。

——そんなことが、許されるはずがない。

人並みの寿命すら生きられなかった幼子がいれば、永遠の命を求め、他者を利用する者もいる。

不死を目指すこと自体が悪だとは思わない。しかし、それが他者の魂を弄《もてあそ》んでもよい理由にはならない。

——甚太はただ、生きたかっただけなんだ。あの子には何の非もなかった。それなのに……。

歯がゆい思いで嘆息すると、瑠璃は鳥籠から目を離した。

閑馬の家に戻ってきたのは、傷の手当てをするためだけではない。閑馬に、大事なことを伝えるためでもあった。

「閑馬先生。わっちは、この家を出ていくよ。今まで本当に、お世話になりました」

心をこめて辞儀をする。

一方の閑馬は寂しげな眼差しをして、しばらく口を引き結んでいた。

「そう言うやろうと思ってました。お恋から聞いたんです、さっき瑠璃さんが出てってから入れ違いでうちに来た四人が、瑠璃さんの仲間やってことを」

瑠璃は傍らのお恋に目を転じる。夜通し緊張していたためか、いつの間にやら狸は仰向けに腹を出し、すやすやと寝息を立てていた。

「うん。あの四人とは、江戸で一緒に鬼退治をしてた仲なんだ。わっちが京で戦ってると知って、はるばる駆けつけてくれたんだよ」

四人の男衆とは後ほど改めて落ちあう手筈になっている。瑠璃はその前にどうしても閑馬に会い、これまでの善意に対して礼を言いたかったのだ。

「伏見宿で拾っていただいてから半年間、閑馬先生には、数えきれないほどたくさん助けていただきました。このご恩はいつか必ずお返しします」

「ははは、そない畏《かしこ》まらんでもええですよ、武家でもあるまいに。お返しかてホンマにいりまへん」

「いやそんなわけには――」

「その代わり、これを受け取ってくれますか」

瑠璃の発言を遮るように言うと、閑馬は自身の懐から布にくるまれた何かを取り出した。瑠璃へ差し出し、中を見るよう促す。

「これは……」

中身を目にするや、瑠璃は虚を衝かれた。

布に包まれていたのは真新しい泥眼の能面であった。

ふっくらと丸みを帯びた輪郭は人の皮膚のように瑞々しく、薄く開かれた口は今にも言葉を紡ぎそうだ。

美しい――この一言に尽きる。

「その面は俺が打ったんです。前の面は粉々になってもうて、さすがに直しようがなかったでしょ」

閑馬は人形づくりのための手持ちの材料を使い、知らぬ間に能面を打っていたのだった。聞けば瑠璃を驚かせようと夜なべし、出来上がるまで秘密にしていたそうだ。

「そうは言うても俺は面打ち師とちゃいますし、初めてやったモンやさけ何回も失敗してもうて、出来は正直、微妙なところです。素材は前のと同じ木曽檜《きそひのき》を使いましたけど、もうちょい鑿《のみ》跡をつければよかったかも」

「いやいや、何言ってるんだ。これだけ見事に仕上げられるなんて、初めてとはとても信じられないよ。さすが閑馬先生だ」

勢いこんで言ってから、瑠璃は面を拝むように捧げ持つと、裏返して顔に当てた。

閑馬の打った面は吸いつくように瑠璃の顔にはまった。裏に塗られた漆がひんやりとして、見た目にも付け心地にも文句のつけようがない。

「……でもこれ、本当にわっちがもらっていいのか？　さんざっぱら世話になった礼が面を受け取ることだなんて、やっぱり申し訳ないよ」

「くどいですよ瑠璃さん。俺がええて言うんやから、もうそれ以上は言いなさんな」

平時とは違うきっぱりとした口上に、瑠璃は言葉を呑みこんだ。

当の閑馬はというと、瑠璃の瞳の、さらに奥を見透かすような面差しをしていた。

「なあ瑠璃さん。ここを出ていくってこと以外にも、何か俺に言おうとしてたんちゃいますか」

「えっ？」

「勘ですけど、〝わっちとはもう関わらない方がいい〟とか何とか、そんなようなことを言おうとしてたんやないですか？」

己の口真似をしてみせる閑馬に対し、瑠璃はぐうの音も出ず黙りこむ。閑馬の言ったことがまさしく次に言おうと考えていたことと一言一句、同じだったからだ。

「閑馬先生ってもしかして、悟りの妖か何かなのか……？」

「茶化さんといてください。半年も一緒にひとつ屋根の下におったんやから、何を考えてるかなんて大体はわかるようになりますよ。瑠璃さんは特にわかりやすい女子ですしね」

瑠璃は我知らず全身を脱力させた。思い返せば今まで幾度となく、似たようなことを他の者からも言われた気がする。

「夕方、俺が誰かに見られてるかもって話をした時、瑠璃さん焦った顔してはった。

それで思ったんです」

瑠璃をつけ狙う何者かと、自分を監視する何者かは、同一人物なのではと――。

「そうなったら瑠璃さんは必ず、自分に関わるなと忠告するはず。俺に危険が及ばんように距離を置くはずや。俺の勘、どうも当たってたようどすな？」

「まあ、うん……」

おっとりした気性の閑馬にまで「わかりやすい」と言われてしまったことに、瑠璃は気恥ずかしさを隠せなかった。

かぶりを振って座りなおし、彼の瞳をしかと正視する。

「本当の敵は、鬼でも妖鬼でもなかったんだ。夢幻衆――奴らが人間である以上、わっちと関わりがある閑馬先生にも、きっと目をつけるに違いない」

基本的に鬼は、誰彼かまわず殺害することのみを目的とする。鬼の目に入らぬようにしさえすれば、標的になるのを避けられよう。だが相手が人間ともなればそうはいかない。

とりわけ夢幻衆のように異常とも冷酷ともとれる思想を持った者たちが、もし、閑馬を何らかの思惑で標的にしたら。どこまでも執拗に追いまわされ、命までをも狙われる可能性が、まったくないとは言いきれない。

「閑馬先生、これは忠告というよりお願いだ。表立ってわっちに関われば、奴ら先生に何をしてくるかわからない。わっちは恩人を巻きこんで危険な目にあわせたくないんだよ」

語気から只ならぬものを感じたのだろう、閑馬は考えこむように目を落とした。

しばしの時を挟んだ後、つっと瑠璃の手元を見やる。

「……その能面、気に入ってもらえて、ホンマによかった」

一言ひとこと、言葉を選びながら話す。

「能楽の面にはそれぞれ意味があるんですよ。人形に見た目を愛でるだけやなくて、贈る相手の幸せや、健康を祈る気持ちが込められるようにね」

何を伝えたいのだろうかと疑問に思ったが、瑠璃は口を挟むことなく閑馬の語るに任せた。

能面は単なる変身の道具ではなく、霊力が宿る神聖なものとみなされている。ひとたび着ければ面は能楽師の体と同化し、彼らを天人にも、精霊にも変える。

「その泥眼の面が、どんな意味を持っとるか、瑠璃さんは知ったはりますか」

瑠璃も己の左手にある面へと視線を移した。

白目と歯の先に金泥を塗った泥眼は、金の彩色が人間を超越した存在に用いられることから、女人が「人」から「人ならざる者」へ変化する途中の状態を表すとされる。美しさと妖気が交差する面差しは、嫉妬の果てに生き霊となった女――つまり怨霊の類と捉えられるのが一般だ。

しかしながら、そもそもの謂われはこれと相反している。

「元を正せば泥眼は、〝悟りを得て成仏した女子〟を表す面なんだそうです。込められた祈りは女人成仏。演目によっては菩薩《ぼさつ》の役どころに使われることもあるんやとか」

人間を超越した存在。「鬼」と解釈するか、あるいは「悟りを得た者」と解釈するか。真逆の要素を持ちあわせた泥眼の面は、見る者に心のありようを問うているのかもしれない。

閑馬は、「これは俺の推測なんですがね」と前置きした上で、自身の思考を整理するように言葉を繋いだ。

「鬼退治の時に面を着けるのは、鬼と同じ想いに立つために考えられた、一種の礼儀作法やないかと思うんです」

「鬼と、同じ想いに……」

「ほら、例えば瑠璃さんが何か悩んではる時、誰かに気持ちをわかってもらえたら少し楽になるでしょう？」

黙って頷いた瑠璃に、閑馬は続けてこう述べた。

哀しき過去により鬼と成り果ててしまった者に、同じく哀しき謂われがありつつも、「成仏」への願いが込められた泥眼の面を着けて対面する。これが、哀怨の情に魂を囚われた鬼たちへの、せめてもの礼儀なのではないか——。

「思うに、鬼は自分の苦しみや切なさを、誰かに理解してほしいんやないでしょうか。それで何かが解決するわけやなくても、自分の中に渦巻いてどうしようもない想いに、共感してほしいんやないでしょうか」

初代の黒雲がいかなる考えで泥眼の面を装着するようになったのか、瑠璃は聞かされていなかった。されど閑馬の言ったことこそが答えであろうと、今この瞬間、確信を得た。

「その面は、俺なりに鬼の気持ちに立って打ったものです。熟練の面打ち師が打ったんに比べれば見劣りしますけど、込めた想いだけは自信がおます」

「だからこの面、こんなにもしっくり来るんだな……でも閑馬先生、どうしてそこまで鬼のことをわかってるんだ？」

瑠璃の知る限り、閑馬が鬼と遭遇したのは一度きりしかないはずだ。いくら瑠璃の退治話を聞いていたところで、ここまで思慮を深められるとは考えにくい。

問われた閑馬は、何事か言い渋るように瞬きを繰り返していた。

「……実は俺、瑠璃さんと出会う前にも、鬼と出くわしたことがあるんです」

「そうだったのか？」

であるならば、なぜ今まで話さなかったのだろう。瑠璃の疑念を汲み取ったのか、閑馬はやや口ごもりながら続けた。

「俺がもっと若かった頃、盆の時期に蓮台野《れんだいの》で、女の鬼を見てもうたんです……体がぐずぐずに腐っとるんに、女の顔はニタアと笑って俺の方を見つめとって、俺は……俺は」

呼吸も荒く、億劫そうに唾を呑み下す閑馬の目には、紛うことなき恐怖の色が浮かんでいた。

「辛いなら、無理に思い出そうとしなくてもいいよ」

「いいえ。俺はたぶん、話したいんです」

言下に首を振ると、閑馬は小さく息を吐き出した。

「鬼は、俺を見て襲いかかってきました。でも立っとるのがやっとやったんか、すぐに倒れて──」

その瞬間、閑馬は鬼の声を聞いたという。

――どうして逃げるの。どうして、どうしてわかってくれないの。

「そん時に気づいたんです。この鬼は、顔は笑っとるけど心で泣いとるんやって……そんな鬼に、俺は、何もできひんかった。恐ろしいと思う気持ちの方が、勝ってもうたんや」

哀しげな声で訴える鬼に背を向け、閑馬はその場から逃げ出したそうだ。

後日、どうしても鬼のことが頭から離れず、ありったけの数珠や守り札を掻き集めて再び蓮台野に足を向けるも、鬼の姿はもうそこになかった。体の損傷具合からして、おそらくすでに朽ち果ててしまった後だったのだろう。鬼は閑馬の心に恐怖と悔悟を残し、消滅してしまった。

――だから閑馬先生は、鬼退治にも鬼そのものにも理解が深かったんだな。

瑠璃には閑馬を責める気など起ころうはずもなかった。救ってやりたいという気持ちが芽生えたところで、鬼と対峙する力、そして何より覚悟がなくば、無為に命を落とすだけだ。むしろ鬼と遭遇して無事に生還できた強運に感謝すべきであろう。

さりとて閑馬の心には、この経験が苦い思い出となってくすぶり続けていたらしかった。

「せやさけ瑠璃さんが鬼を救済できるて知った時、俺は心の底から嬉しかった。まさか鬼の魂を成仏できる人がおるなんて、思ってもみんかったから……それと同時に心に決めたんです。俺は、この人の助けになると」

だからこそ閑馬は一文無しだった瑠璃に住まいと食を提供し、瑠璃の鬼退治を縁の下で支えてくれていたのだった。

「わっちさ、ちょいと不思議だったんだ。そりゃ閑馬先生はいい人だけど、わっち一人ならいざ知らず、お恋や飛雷の面倒まで見てくれるのに無償でいいなんて、普通じゃありえないから」

が、ようやく得心がいった。

「閑馬先生は、ずっと、鬼のことを思いやってくれてたんだな」

親切心の裏にあったのは下心でも何でもない。鬼への同情。無力な己を悔いる気持ち。それらが彼の優しさに繋がっていたのである。

「ま、まァ、瑠璃さんやからっていうのも、なくはないですけど……」

些か歯切れが悪くなった閑馬であったが、そのうち吹っ切れたように瑠璃を正面から見つめた。

「一瞬だけでしたけどお仲間の皆さんを見て、この人らなら瑠璃さんを守れるんやて、すぐにわかりました。何となくですけど気迫みたァなモンが、そんじょそこらの男とは違いましたから」

瑠璃は小さく笑い声を上げた。

京までやってきた男衆は瑠璃がまさに今、戦闘の只中にいると知って、きっと並ならぬ雰囲気を漂わせていたに違いない。

「ただな瑠璃さん。この家を出ていかはっても、俺が瑠璃さんの助けになりたいて思う気持ちは、これからも変わりまへんよ」

瑠璃は真剣な面差しで閑馬を見つめる。はっきりとした声色で告げる閑馬の双眸《そうぼう》には、微かな恐怖が残っているものの、覚悟に似た強い光も宿っていた。

「俺には瑠璃さんのような剣術《やっとう》の心得もなけりゃ、鬼と戦う知恵かて何もあらへん」

それでも、と閑馬は語勢を強めた。

「この先も力になれることがあれば、何でも言うてください。京のことなら瑠璃さんたちより俺の方が詳しいし、京に住む人間の一人として、鬼を救う一助になりたいんです」

「閑馬先生……」

声を萎《しぼ》ませた瑠璃に向かい、閑馬は目を細めて微笑んだ。

「ええですか瑠璃さん。俺と瑠璃さんは、もう赤の他人なんかやないんです。この京にもあなたの味方がおるゆうこと、心にちゃんと留めといてくださいね」

柔らかな、しかし熱のこもった言葉を受けて、瑠璃は大きく頷いた。

京の地理や世情に明るいとは言いがたい自分にとって、閑馬のように陰ながら支援してくれる人間がいることは、心の面でも大きな助けになることだろう。

「ありがとう閑馬先生。今までもずっと頼りっぱなしだったけど……お言葉に甘えてこれからも、よろしく頼むよ」

瑠璃の返答を聞いて閑馬は安堵したように頷き返した。

自分は決して独りではない。京で新たな同志と出会えた奇跡を、頼りがいのある四人の同志が助太刀に来てくれた現状を、瑠璃は深く天に感謝した。

雀の羽ばたく音がする。

瑠璃と閑馬は再び鳥籠を見やる。そして、どちらから言うでもなく立ち上がった。

閑馬が鳥籠を持ち、二人そろって玄関を出る。

外の空気は澄んでいた。さながら、新たな門出を祝福するかのように。

瑠璃は籠の戸に指をかけ、束の間、雀の小さな姿を眺めた。

——ありがとう閑馬せんせえ、おねえちゃん。

——ごめん、甚太。助けてあげられなくて、ごめん……。

様々な感情が駆け巡っては、瑠璃の手をためらわせる。

どれだけそうしてからか、閑馬がそっと声をかけた。

「瑠璃さん」

「……うん」

鳥籠の戸が開け放たれた。雀は外の空気に戸惑っているようだったが、やがて小さな羽を羽ばたかせ、大空へと飛び立った。

「どうか、甚太の分まで」

瑠璃は夜空に向かって祈った。

——どうか生きて、そしていつか、安らかに浄土へ旅立てますように。

遠くなっていく雀のさえずり声が、胸の奥深くまで染みていった。

終

約束の地である東寺に辿り着いた瑠璃は、飛雷の力を借り、閉ざされた慶賀門を飛び越える。

「なあ飛雷。さっき閑馬先生と話してたこと、お前も聞いてたか？」

「どの話じゃ」

「鬼と同じ想いに立つって話だよ」

瑠璃はこれまで悩み続けていた。消えていく鬼に、何と声をかけるべきなのかと。

そんな瑠璃に閑馬は一つの答えを示してくれた。

鬼の苦しみを理解し、共感する。完全な解決にはならなくとも、共感しようとする姿勢こそが大切なのだと――それは瑠璃が、悩みながらも長らく努めてきたことであった。

東寺の境内を歩きながら、瑠璃は柔らかく微笑んだ。

「わっちはこれからも鬼の想いに立ち続ける。鬼が抱えているものを、わっちも一緒に背負ってやりたいから。そう思ったら少し、楽になれたよ」

「……そうか」

よかったな、と黒蛇が小さく言った気がした。

蓮のつぼみが眠る池を通り過ぎ、木々の生い茂る庭園へ入り、透明な水をたたえた瓢箪池を横切る。

「瑠璃さあん。こっちこっち」

庭園を抜けた先で、四人の男衆が瑠璃を待っていた。屈託のない笑顔で手を振るのは栄二郎だ。

瑠璃は小走りで男衆のもとへと駆け寄った。

「悪い、遅くなった」

「では瑠璃さんも来たことですし、さっそく上りましょうか」

さも当然とばかりに錠吉が言い、ほか三人も頷くものだから、瑠璃は片眉を上げた。

「上るってどこに？」

錠吉は黙って人差し指を上に向ける。よもやと思い至った瑠璃は頭をそらして視線を上げた。男衆の背後にそびえ立つのは京の象徴、五層の古塔だ。

「まさか、五重塔にっ？　これって上ってもいいモンなのか？」

天を指すかのごとき塔を見上げ声を裏返した瑠璃に、権三が笑って答えた。

「本来は駄目らしいんですがね、安徳さまが特別にって、内階段の鍵を貸してくださったんですよ」

権三の大きな掌には、古びた鍵の束が握られていた。

いわく、五人でゆっくり話せる場所はないかと安徳に尋ねたところ、老僧はならばと五重塔に上ることを許してくれたそうだ。他にも庭園や講堂など、静かで落ち着いた場所はいくらでもあるだろうに、安徳はあえて塔の上を提案したのである。

——なるほどな……〝心柱と四天柱〟か。

以前、安徳に説かれたことが思い返されて、瑠璃は内心で苦笑した。「粋な計らいじゃろう」と片目をつむる老僧の顔が目に浮かぶようだ。

と、瑠璃が塔を上るかどうか迷っているとでも思ったのか、豊二郎が仏頂面で急かしてきた。

「何だよ瑠璃、早く行こうぜ。俺らにさんざ待ちぼうけ食わせといて、もしかして上るのが怖いのか？」

「いんや、少し考え事してただけさ。じゃあ安徳さまのご厚意に甘えて、上らせてもらうとしよう」

五人はおのおの灯りをつけた手燭を持ち、塔の中へと足を踏み入れた。

「これはまた……何と美しい」

中へ入るなり、錠吉が感嘆の声を漏らした。

初層の内部に広がっていたのは、極楽と見紛うばかりに荘厳な、極彩色の空間であった。須弥壇《しゆみだん》には金剛界四仏と八大菩薩の彫像が安置され、壁や柱には見る者を圧倒するほど美麗な金剛界曼荼羅や、八大龍王、真言八祖の姿が描かれている。手燭のほのかな灯《ともしび》に浮かび上がった、黄金に輝く御仏の面差しは、まるで瑠璃たち五人を優しく迎え入れてくれるかのようだ。

平素は表情にあまり変化がない錠吉も、この見事な密教空間に感銘を受けたのだろう、凛々しい切れ長の目をやや潤ませていた。

権三が内階段の鍵を開ける。瑠璃たちは手燭を携えて一歩ずつ、慎重に階段を上っていった。

第二層、第三層、と上っていくうち、塔が内に秘めたる神聖な気配に包まれ、あたかも現世《うつしよ》から遠く離れていくような心持ちになる。九百年以上の歴史を繋いできた古塔はどっしりと厳粛に構えられており、上に行くほど身が引き締まり、胸中にある不要な邪念が自ずから取り除かれていくようだ。

神秘的な空気に誘われながら、とうとう瑠璃たちは第五層までの階段を上りきった。さらには大蛇と化した飛雷を綱代わりにして、最上段の屋根にまで上がる。

「こ、の……なぜ偉大な龍神たる我が、かような仕打ちを受けねばな……がふッ」

最も重い権三にぶら下がられた飛雷は苦しげなうめき声を発した。

「うわあ高いっ。ほら見て瑠璃さん、京の景色が一望できるよ」

「おいおい、あんまりはしゃいで落っこちるなよ」

栄二郎はいかにも嬉しそうな顔で両腕を広げ、京の風を全身で味わうかのように目を閉じた。

双子は二十一になっていた。最初に出会った十歳の頃から比べればぐんと背丈が伸び、今では瑠璃よりも視線が上だ。顔つきも体も引き締まり、二人とも見るにたくましげな青年になった。が、栄二郎のまったりとした空気感は、歳を重ねてもやはり変わらない。

夜明け前の京の風景を見晴るかしながら、再会を喜びあう五人の語らいは、なかなか尽きることがなかった。

安徳からの文を受け取った男衆は、京へ出発すべく大急ぎで旅支度をしたために、周囲も巻きこんでてんやわんやの騒ぎになっていたらしい。

錠吉は懇意にしていた近所の寺の僧侶に慈鏡寺を頼み、檀家にも自身がしばらく寺を空ける旨を伝えてまわった。寺の管理および法要などの引継ぎはすんなり済んだのだが、手を焼いたのはむしろ、檀家への説明だったようだ。

「どうしても行かねばならぬ用なのか、いつ帰ってくるのかと、お若い方々にえらく引き留められまして……」

「お若い方々って、そりゃ女だろ絶対」

錠吉は疲れたようなため息をこぼした。吉原にいる頃に負った火傷の痕が今も薄く残ってはいるものの、錠吉の端正な顔立ちや佇まいは昔から女子に大人気なのだ。

もっとも、本人にとってはそれが悩みの種らしい。人々の煩悩《ぼんのう》を払うべく存在する寺に、煩悩まみれの女子たちが通い詰めていれば無理もないだろう。

──寺を任された坊さんが、女たちから逆恨みをされてなきゃいいけど。

瑠璃は錠吉の悩みもさることながら、慈鏡寺を預けられた僧侶が気の毒に思えてならなかった。

「そういや権さん、料理屋の調子はどうだい？　新しい店を構えるって前に言ってなかったっけ」

「ええ、浅草にちょうどいい場所がありましてね。おかげさまで理想の料亭が建ちましたよ」

「俺もばっちり暖簾分けしてもらって順調だぜ」

豊二郎は自慢げに胸をそらしていた。

吉原で料理番を務めていた権三は、持ち前の料理の腕を生かし、江戸で大評判の料亭を開いていた。元々あった紺屋町《こんやちょう》の店は権三の弟子である豊二郎が姉妹店として引き継ぎ、なかなかうまく切り盛りしている様子だ。

権三の料亭は「沙久樂《さくら》」、そして豊二郎が経営する小料理屋は、新たに「都花沙《つかさ》」と名がつけられた。

「さくらに、つかさか……最高の名前だ。きっとこの先、よりいっそう繁盛するだろうよ」

瑠璃はしみじみと本心を述べる。都花沙の名を考えたのはおそらく、かつて瑠璃の妹女郎であり、現在は豊二郎の妻であるひまりとみて相違なかろう。

「俺たちもかなり大変だったんだぜ？　若衆らに店を任せるにしても、色々と段取りってモンがあるからさあ」

そう言う豊二郎も、若衆ではないのか。瑠璃が問うと、

「俺は権さんの一番弟子だから偉いんだ。ひまりも今や〝姐《あね》さん〟って呼ばれてるくらいだからな」

「ほおん」

「そういやひまりの奴、俺が江戸を出る時に大泣きしちまってよ。今生の別れじゃあるまいし泣くんじゃねえってビシッと言って、やっと離してもらえたんだぜ？」

「へえ」

「何だよその気のない返事はっ。もっと興味を持てよ、興味を」

目を三角にする豊二郎。片や瑠璃はどこか遠い目をして、青年の肩にポンと左手を置いた。

「興味あるとも。でもさ豊、あんまりそうやってふんぞり返ってばかりだと、いつかひまりに三行半《みくだりはん》を突きつけられちまうぞ？」

「えっ、そ、そんなはずは」

離縁を意味する三行半と聞いて衝撃を受けたのか、豊二郎はたちまち威勢を失っていった。

「瑠璃さん、違うんだよ。本当は兄さん、ひまりちゃんの尻に敷かれて……」

「ばか栄、言うな、言うなああッ」

唾を飛ばしてつかみかかる兄をさっとよけ、栄二郎はなぜ怒るのかと困り顔をしていた。

旗本絵師である鳥文斎栄之《ちょうぶんさいえいし》の養子になった栄二郎は、錠吉から文の話を伝えられるとすぐさま養父に相談をした。

江戸の屋敷をしばし離れ、京に行ってもよいか――すると鳥文斎は「京で心ゆくまで絵を学んでくるがよい」とあっさり承諾し、さらには路銀をたっぷり用意してくれたという。

幼少の頃から絵の才にあふれ、人懐っこい気質の持ち主である栄二郎は、どうやら養父からもめっぽう可愛がられているようであった。

「皆、すまない」

近況話に花を咲かせるさなか。

いきなり頭を下げた瑠璃に、男衆は驚いた面持ちで目を瞠った。

「せっかく皆が手に入れた新しい暮らしを、わっちはぶち壊してしまった。たった十日かそこらで支度を整えて江戸から京まで来るのは、きっとすごく、大変だったろう」

瑠璃が江戸から京へ来るのには何かと事件が起きたせいで三月《みつき》も要してしまった

が、順調な旅路であればかかる日数はおおよそ、十三から十五日といったところだろう。それを男衆は十一日で済ませた。ほとんど休まずに駆けつけてくれたのであろうことは、聞かずともわかる。

「わっちが危ないかもしれないと考えて、急いで来てくれたんだよな。迷惑をかけて本当に、すまない」

声を湿らせつつ謝罪する瑠璃を、男衆は何を言うでもなく見つめていた。

瑠璃の口から次に出る言葉を、待っているかのように。

「ただ」

言いかけて、瑠璃はぎゅっと唇を噛んだ。

この先の言葉を、口にしてしまってよいのか。四人を実際に目の前にし、胸中では数々の思いが目まぐるしく入り乱れていた。

——皆の顔を見た時……わっちは、心から嬉しかった。嬉しくて、ありがたくて、胸がいっぱいになった。

されど戦いが終わった今、迷いはまたも瑠璃の心を翻弄していた。

——どうすればいいんだろう。安徳さまや飛雷に言われたとおり、皆に頼るべきなのか。やっぱり、一人で戦うべきなんじゃないのか。

ここで自分が何を言うかによって、男衆の運命を大きく変えてしまうような気がした。一度は頼ると決めたものの、今からでも江戸に戻ってもらうことは十分にできよう。彼らの幸せを考えるなら迷う必要はないのだ。

それなのに思い切ることができないのは、心の弱さゆえなのだろうか。

――頼ることが真の正解なのか……わっちの弱さを、皆に補ってもらうことが、本当に……。

固く目をつむり、自問自答を繰り返す。確かな正解などないとわかっていても、瑠璃は己に問いかけ続けた。

やがて胸に交錯する感情のうち、抗いがたい本心が、言葉となってあふれ出た。

「ただ……迷惑ついでにもし叶うなら、皆に頼みたいことがある」

逡巡を断ち切るように、瑠璃は顔を上げて男衆を順々に見た。

「京で起きてる怪異は、情けない話だが、わっち一人の手には負えない。どうか頼む、助けてほしい。皆の力をもう一度、わっちに貸してもらえないだろうか」

東の地平線から、燦々と輝く太陽が顔を出した。光の筋が京に薄く広がっていく。

五重塔のてっぺんに立つ瑠璃たちの姿を、徐々にはっきりと照らし出す。

陽光を浴びた男衆の顔は穏やかに、愁眉《しゅうび》を開いていた。

「ああ、よかった」

沈黙を割って、錠吉がぽつりとこぼした。

「京に来るまでの道中、四人で話していたんです。あなたのことだから、ひょっとしたら〝一人で何とかする〟と言い出すのではないかと」

「江戸で最後に交わした約束を覚えていても、やっぱり俺たちには甘えられないと言うんじゃないかってね」

「京くんだりまで来て帰れって言われたらどうしようって、正直ひやひやしてたんだぜ？」

権三と豊二郎も口々に言い立てる。

「でも瑠璃さんは、ちゃんと約束を守ってくれた。偉いね、瑠璃さん。安心したよ」

「偉い、って……」

子どもじゃないんだぞと憤慨しかけた瑠璃だったが、にこにこと顔をほころばせる栄二郎を見るや、毒気を抜かれる思いがした。

すると瑠璃の腰に巻きついていた飛雷が、

「ぬしらの懸念は当たっておったぞ？」

と声を上げた。

「こやつ実際、安徳に諭されてもずっとぬしらを呼ぶのを躊躇しておったからな。今とてぬしらを江戸に帰そうか迷っておったわ」

「ばッ」

瑠璃は明け透けに暴露する黒蛇を止めようとするも、遅かった。

「ちっ、違うんだよ、わっちだって飛脚問屋に行って、皆に来てもらうよう文を送るつもりだったんだ、だから」

慌てて弁明したのだが、案の定というべきか、男衆の顔は一転して呆れ返ったものになっていた。

四人は示しあわせたかのように大きなため息を漏らす。と、栄二郎が不意に歩み寄ってきて、瑠璃の左手を取った。

「瑠璃さん。俺たちの生活を心配してくれたのは嬉しいけど、もっと自分の心配もしてよ。さっきはぎりぎり間に合ったからよかったものの、瑠璃さんの身に何かあったらと思うと俺……生きた心地がしなかったんだから」

栄二郎の真摯な面差しに、瑠璃はついたじろいだ。

それにさ、と栄二郎は言葉を継ぎつつ、瑠璃の手をきゅっと包みこむように握る。

青年の手には確かな温もりがあった。

「瑠璃さんが戦うのは、鬼の魂を、鬼の心を救うためでしょ。その気持ちは何も瑠璃さんだけのものじゃない。俺たちも同じ想いだってこと、よく知ってるはずだよね」

鬼を救済すべく戦う——たとえそれぞれ進む道が変わろうとも、彼らと瑠璃が共有していた信念は、志は、決して変わることがなかったのだ。

「さっき俺たちが使った弓矢、あれね、〝鳩飼い〟の武器を模して編み出したものなんだ。結界役だって攻撃の援護くらいはできるかもと思って試行錯誤したんだよ。ね、兄さん」

「おうよ。ああ一応言っとくけど、矢じりは経文と、俺たちの気から生み出したモンだぞ？　致命傷までは無理だろうが、浄化の力があるから鬼にも効き目がある」

双子も、そして錠吉と権三も、吉原を離れた後ずっと鍛錬を欠かしていなかった。いつか瑠璃が窮状に陥ってしまった時、再び力を発揮できるように。

かつての頭領を、また四人で護衛できるように——。

瑠璃の頰を一粒の涙が流れた。

——ああ……本当はずっと、寂しかったんだ。一人で戦い続けることに、限界を感じてたんだ。

「瑠璃さん……あなたはもっと人を信じ、頼ることを知るべきです」

錠吉の弁に、権三が頷いて同意を示した。

「俺たちがこうして駆けつけたのはなぜだかわかりますか？　あなたのためですよ。あなただからこそ、助けたいと思ったんです。だってもし俺たちが同じ立場にあると知ったら、あなたはきっと助けに来るでしょう」

権三の言うことは飛雷との問答を思い起こさせた。

――迷惑だなんて、杞憂《きゆう》だったのかもしれない。

まだ一抹の申し訳なさを覚えていた瑠璃は、心がふっと軽くなるのを感じた。

「恩に着るよ、皆……本当にありがとう」

噛みしめるように感謝する体に、じんわりと、温かな熱が広がっていく。それはまるで、二度と生えてくることのない右腕を取り戻したかのような感覚だった。

五人はしばし無言で見つめあい、やがて、力強く頷きあった。

「あっちの北の方を見てくれ。あすこにある小さめの山が、船岡山だ」

瑠璃は五重塔の屋根上から京の四方を指差しながら、四神が鎮座《ちんざ》すると伝わる場所――つまりは裏四神が出没した場所を、一つずつ男衆に示した。

洛南、巨椋池の裏朱雀。

洛西、木嶋大路の裏白虎。

洛北、船岡山の裏玄武。

三つの方角から風に乗って不穏な邪気が流れてくるのが、ごく微かに感じられた。

さらに視線を転じれば、洛東、鴨川に突如現れた巨大な柱が、今なお妖しく揺らめいているのが見える。

「夢幻衆、不死、か……」

瑠璃は思案を巡らせる。

不死。それは古より時の権力者たちが渇望し、誰ひとりとして為し得ることのできなかった、人間の究極の願望とも言えよう。

永遠の命を得るなどとさながら夢物語のようなことが、果たして本当に可能なのだろうか。

——きな臭いとしか言いようのない話だけど、でも、奴らの口調は本気だった。

陰陽師集団、夢幻衆の魂胆は、ほとんどが謎に覆われたままだ。

——奴らが何がしかの計画に沿いながら、組織立って動いているんだとしたら……

不死を実現させるって話も、馬鹿馬鹿しいとは言いきれないかもな。

夢幻衆が裏四神を使って何をしでかすか。そして対抗する瑠璃たちにはどんな手を打ってくるのか。予測する術は皆無に等しい。

さりとて明確になったことが一つだけある。

「夢幻衆、奴らは鬼の魂を粗末に扱い利用する、悪漢どもだ。ならばわっちらが為すべきはただ一つ。奴らの毒牙から鬼を救い、鬼の〝想い〟を守ること」

瑠璃と男衆は肩を並べ、太陽に燦然と照らされていく京の情景を、己の中に湧き上がる決意を、しかと胸に刻みこんだ。

心にわだかまっていた不安や揺らぎはもはやない。四人の同志がそばにいるという実感が、瑠璃の心身に、声に、力を与えた。

「鬼を害する者どもは、わっちらが必ずや倒す……黒雲の、再結成だ」

本書は書き下ろしです。

|著者|夏原エキジ　1991年千葉県生まれ。上智大学法学部卒業。石川県在住。2017年に第13回小説現代長編新人賞奨励賞を受賞した『Cocoon－修羅の目覚め－』でいきなりシリーズ化が決定。その後、『Cocoon2－蠱惑の焔－』『Cocoon3－幽世の祈り－』『Cocoon4－宿縁の大樹－』『Cocoon5－瑠璃の浄土－』『連理の宝－Cocoon外伝－』と次々に刊行し、人気を博している。『Cocoon－修羅の目覚め－』はコミカライズもされている。

Cocoon《コクーン》　京都《きょうと》・不死篇《ふしへん》—蠢《しゅん》—

夏原《なつばら》エキジ

2022年５月13日第１刷発行

発行者——鈴木章一
発行所——株式会社　講談社
東京都文京区音羽2-12-21　〒112-8001
電話　出版（03）5395-3510
　　　販売（03）5395-5817
　　　業務（03）5395-3615

Printed in Japan

講談社文庫
定価はカバーに
表示してあります

KODANSHA

デザイン—菊地信義
本文データ制作—講談社デジタル製作
印刷———株式会社KPSプロダクツ
製本———株式会社国宝社

ISBN978-4-06-527014-1

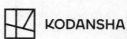

講談社文庫刊行の辞

二十一世紀の到来を目睫に望みながら、われわれはいま、人類史上かつて例を見ない巨大な転換期をむかえようとしている。

世界も、日本も、激動の予兆に対する期待とおののきを内に蔵して、未知の時代に歩み入ろうとしている。このときにあたり、創業の人野間清治の「ナショナル・エデュケイター」への志を現代に甦らせようと意図して、われわれはここに古今の文芸作品はいうまでもなく、ひろく人文・社会・自然の諸科学から東西の名著を網羅する、新しい綜合文庫の発刊を決意した。

激動の転換期はまた断絶の時代である。われわれは戦後二十五年間の出版文化のありかたへの深い反省をこめて、この断絶の時代にあえて人間的な持続を求めようとする。いたずらに浮薄な商業主義のあだ花を追い求めることなく、長期にわたって良書に生命をあたえようとつとめるところにしか、今後の出版文化の真の繁栄はあり得ないと信じるからである。

同時にわれわれはこの綜合文庫の刊行を通じて、人文・社会・自然の諸科学が、結局人間の学にほかならないことを立証しようと願っている。かつて知識とは、「汝自身を知る」ことにつきていた。現代社会の瑣末な情報の氾濫のなかから、力強い知識の源泉を掘り起し、技術文明のただなかに、生きた人間の姿を復活させること。それこそわれわれの切なる希求である。

われわれは権威に盲従せず、俗流に媚びることなく、渾然一体となって日本の「草の根」をかたちづくる若く新しい世代の人々に、心をこめてこの新しい綜合文庫をおくり届けたい。それは知識の泉であるとともに感受性のふるさとであり、もっとも有機的に組織され、社会に開かれた万人のための大学をめざしている。大方の支援と協力を衷心より切望してやまない。

一九七一年七月

野間省一